KB001732

삼국유사
읽는 호텔

* 이 도서의 국립중앙도서관 출판시도서목록(CIP)은 서지정보유통지원시스템 홈페이지(http://seoji.nl.go.kr)와 국가자료공동목록시스템(http://www.nl.go.kr/kolisnet)에서 이용하실 수 있습니다.
(CIP제어번호: CIP2017013313)

삼국유사 읽는 호텔

윤후명 소설

은행나무

차례

양각도 호텔-첫째 날

—〈구지가(龜旨歌)〉를 읽다

낮에 그를 만나기는 했어도 실제로 이야기를 나누기 시작한 것은 저녁 늦게부터였다. 그를 만난 것도 이상한 여행에서 일어난 이상한 일이라고 해야 한다. 그것은 행운일지도 몰랐다. 낯선 땅의 낯선 호텔 방에서 룸메이트라고 만난 사람이 그였다. 사실 방 배정을 받고부터 나는 함께 며칠을 보낼 사람이 누구일까, 은근히 걱정이었다. 그런 경우 누가 나 같은 심정이 되지 않겠는가만, 특히 내 담배가 문제인 것이었다. 아직도 골초인 나를 누가 허락해주겠느냐고 거의 낙담하고 있었다는 게 맞는 표현이다. 잠버릇으로 심하게 코를 곤다거나 화장실을 유난히 오래 쓴다거나 그 밖에 뭐 다른 거라도 걸릴 건 없었다. 다만 담배는 침대까지 가지고 가야 하는 것이었다. 골치가 아팠다. 아는 사람들과의 외국 여행에서는 나를 받아줄 동료와 한방을 쓰겠다고 하면 쉽게 해결되었었다. 그러나 이번은 달랐다. 많은 사람들 가운데 도대체 아는 사람이라곤 하나도 없었다. 담배라면 피우는 사람이 죄인 취급을 받는 시대인데 아직도 끊지 못하고 이렇게 전전긍긍하다니, 스스로 생각해도 한심했다. 그러나 나는 한 번도 담배를 끊겠다는 의지를 가져본 적조차 없었다.

나는 룸메이트가 누군지도 확인하지 못하고 33층 17호 방을 찾아 올라갔다. 전체가 47층이나 되는 높은 호텔이었다. 양각도 호텔. 나는 남쪽에서 이미 그 호텔의 이름을 들어 알고 있었다. 그것은 고려 호텔과 함께 평양에 있는 큰 호텔 두 곳 중 하나였다. 류경 호텔이라는 더 큰 호텔을 짓고는 있었으나, 꼭대기 층에 크레인이 얹혀 있는 채 언제 완공될지 모르는 일이었다. 대동강 한가운데 있는 섬인 양각도(羊角島)는 양의 뿔을 닮았다고 하여 붙여진 이름이었다.

카드 열쇠로 문을 열고 들어가자 첫눈에 옷장 밑에 놓인 륙색이 눈에 띌 뿐 사람은 보이지 않았다. 나보다 방에 먼저 온 것만은 틀림없었다. 호텔 방은 세계 어느 곳의 것과 다를 바 없었다. 김일성 부자의 사진 같은 것도 없었다. 그러자 화장실에서 인기척이 났다. 웬일인지 문이 빠끔히 열려 있기에 들여다보니 어느새 욕조에 들어앉아 있는 사내의 뒷모습이 눈에 들어왔다. 일부러 그런 모습을 보이려는 듯 비닐 커튼을 반쯤 열어놓은 것 같았다.

흠, 쉽지 않은 사람이겠는걸.

언뜻 보아 내 나이보다 한두 살은 많은 성싶었다. 흔한 여행가방이 아니라 륙색을 가지고 온 것이 다소 안도감을 심어주면서 호기심도 뒤따랐다. 나는 조심스럽게 창가로 다가가 커튼을 젖히고 대동강을 내려다보았다. 그가 나오기를 기다리는 수밖에 없었다. 오후의 이내가 끼어든 강은 고요했고, 건너편으로는 제법 높은 아파트 건물들이 늘어서 있었다.

아침에 서울에서 버스를 타고 평양까지 오는 동안 개성이나 사리원 부근에서도 본 시멘트 외벽의 아파트였다. 말로만 들었던 우리 쪽 도라산역을 통과하면서 약간의 긴장을 느꼈으나, 곧 북녘 가을 풍경이 남녘 것과 그리 다르지 않아 친근하게 다가왔다. 서울에서 이번 여행에 대해 교육이라는 걸 받을 때, 언젠가 무슨 공동선언을 하면서 서로의 호칭을 남한, 북한이 아니라 남측, 북측이나 남쪽, 북쪽이라고 부르기로 합의를 보았다고 했는데, 그들은 남녘, 북녘도 아울러 쓰고 있었다. 북녘 풍경은 나무가 듬성듬성한 산이나 아무런 조경 없이 을씨년스러운 아파트들이 마음에 걸렸을 뿐, 길가에 군데군데 무리지어 핀 코스모스는 남녘 어느 시골길에서처럼 정겨웠다. 10월 초순인데 벌써 추수가 끝난 논들이 이곳이 확실히 북녘이라는 사실을 보여주고 있었다. 도라산역에서 개성까지 한 시간 남짓, 개성에서 평양까지 두 시간 남짓, 그렇게 버스로 이동하는 것은 남북이 갈라진 뒤로 처음이라고 했다. 도중에 휴게소라기보다는 검문소 같은 곳에서 소변도 볼 겸 한 번 쉬는 틈에, 임시로 차려놓은 좌판 음료 판매대로 가서 1달러를 내고 커피 한 잔을 사먹었는가 싶자, 머지않아 평양이었다.

아, 오셨군요. 먼저 샤워를 했지요.

사내의 말에 나는 그를 향해 돌아섰다. 키가 작달막하나 개구쟁이 같은 얼굴의 사내였다.

아, 예. 처음 뵙겠습니다.

그리하여 우리는 서로 악수를 나누고 삼박 사 일 동안 한방을 쓰게 된 것이었다.

자식들, 여태 점심을 안 멕이니. 몇 호 차를 타지요?

2호 찹니다.

아, 난 3호 차요.

서울에서 이미 정해진 차 배정 번호였다. 여행하는 동안 어김없이 그 버스를 타도록 되어 있는 꼬리표였다.

좀 있다 내려가면 점심 준다지요? 벌써 두 신데 말야. 젠장.

그는 손목시계를 보며 투덜거렸다. 나도 시장기를 느꼈다. 점심을 먹고는 남북 합동 공연을 보러 가는 스케줄이었다. 이를 중계하려고 SBS에서 먼저 와 있다고도 했다.

자, 내려갑시다.

그는 앞장을 섰다. 그러나 아래층 뷔페 식당에서 그와 나는 헤어졌고, 비로소 다시 만나 방 창가에 서로 마주 앉을 수가 있었다.

공연은 잘 봤어요?

우리 사이는 어느 틈에 그가 묻고 내가 대답하는 관계가 되어 있었다. 나는 이선희의 〈아름다운 강산〉과 조영남의 〈향수〉에 비해 설운도의 〈사랑의 트위스트〉는 이곳 사람들한테 좀 어떨까 싶다고 조심스럽게 말했다. 사실 무용수들이 뛰쳐나와 유난스레 허리를 꼬며 엉덩이를 뱅뱅 돌리는 것도 그렇지만 웬 난데없는 상하이, 상하이인지 알 길이 없었다. 대부분 대중가요의 가사에 나는 오래전부터 고개를 돌리고 있는 터수였다. 예전에 이른바 니나노 술집에서 여자가 갈대의 순정이라고 노래하길래 짐짓 갈대가 뭐냐고 묻는 내 질문에 갈 때, 올 때라는 대답을 듣기도 했었다. 헤어질 때와 만날 때의 감정도 모르느냐고 토까지 달면서 그녀는 내게 연애도 못해봤나봐라고 눈을 흘겼었다. 대부분 이런 판국의 우리 가요를 KBS 공개홀이라는 곳에 수많은 사람들이 모여 손바닥 장단에 머리 장단까지 맞추며 입 모아 부르는 걸 어쩌다 보게 되면 그만 맥이 빠지는 것이다. 민망하여 쥐구멍이라도 찾고 싶은 때도 많았다.

나중에 나온 북한 노래 〈심장에 남는 사람〉이란 거, 심장이란 말, 거 정말 심장에 남는데. 어색해서 말요.

예, 저도 심장에 남아요.

우리는 마주 보며 웃음을 나누었다. 저녁을 먹으러 내려가기까지 비록 길지 않은 동안 창가의 안락의자에 마주 앉아 이야기를 나누며 관찰한 결과, 한마디로 그는 매우 솔직한 사내였다. 무엇이든 말을 하는데도 조금도 거리낄 것이 없다는 태도였다. 앞에서 충분히 설명했다시피 내가 가장 먼저 그의 양해를 구한 것은 담배 피우기였다. 그는 자기도 몇 해 전까지는 골초 중의 골초였다며 별걸 다 걱정한다고 좋아요를 거듭 말했다.

좋아요. 탄광을 했으니, 술 담배를 안 하고 뭘 했겠어요.

그가 한창때 탄광을 경영하다가 그만둔 적이 있다고 금세 밝히고 있었다. 듣기로는 어마어마한 경력이었다. 내가 줄담배 두 대를 피운 뒤, 우리는 저녁시간에 맞춰 방을 나섰다. 낮시간에 스케줄에 따라 움직이는 것에는 각각 정해져 있는 다른 버스를 타야 하지만, 호텔에 돌아와서는 동숙자로서 붙어 다녀야 하는 운명이었다. 호텔의 뜰 바깥으로는 제멋대로 나갈 수 없다는 규제가 있는 한 더더욱 그랬다. 뷔페로 차린 음식에 특별한 것은 없었다. 나는 밥에다 김치, 갈비찜, 나물, 생선구이 등을 접시에 담아 그의 옆자리에 앉아 먹었다. 북녘에서 유명하다는 용성 맥주도 한 잔 들이켰다. 그도 맥주를 홀짝거리며 같은 테이블에 앉은 사람들과 인사를 나누랴 얘기를 나누랴 그의 이야기꾼으로서의 기질을 유감없이 나타냈다. 어디서나 앞장서서 얘기를 꺼내는 데 서툰 나는 그저 듣고 있을 뿐이었다. 그럴 때마다 늘 무슨 얘기를 해야 어울릴까 하다가 그만 자리가 끝나서 일어서는 게 내 꼴이었다.

오는 동안도 느꼈지만, 그와 인사를 나누는 걸 들으니 이른바 각계각층의 사람들이란 이런 경우를 두고 말하는구나 싶었다. 기업인, 언론인, 교수, 사회단체장, 체육인, 연예인, 학생 등등이 망라된 단체였다. 분위기가 어우러지고 몇 번 음식을 담아오면서 그의 식사시간은 길어져갔다. 따라서 흰 블라우스에 검은 스커트를 단정하게 입은 여자들이 접시를 치우기도 몇 번이었다. 언제 끝날지 모를 일이었다. 하기야 특별히 할 일도 없었다. 여행지의 저녁은 거리 구경이 큰 몫을 차지하지 않았던가. 그게 금지되어 있는 것이었다. 나는 이제나저제나 하다가 먼저 일어나겠다고 눈인사를 하고는 식당 밖 로비로 나왔다. 어느 곳을 가든 호텔 로비의 의자에 앉아 담배를 피우는 여유야말로 내게는 여행의 보람 가운데 하나였다. 단순히 여유라고 하기엔 다른 무엇이 있었다. 어디론가 떠나왔다는 느낌에, 나른한 여정(旅情)과 함께 삶의 서성거림이 밀려오는 것이었다. 그 과정이 여행 그 자체라고 여겼던 적도 많았다.

나는 로비의 의자에 몸을 던지고 담배를 피워 물었다. 여기가 어디더라? 가장 가깝고도 가장 먼 나라라는 상투어가 있는데, 그곳은 그 상투어가 전혀 상투어가 아닌 핍진한 표현으로 다가오는 나라의 호텔이었다. 이상한 나라의 호텔에 와서 나는 어리둥절 앉아 있는 게 아닌가. 《북(北) 호텔(Hotel D'Nord)》을 읽던 오랜 세월 저쪽의 정서적 불안이 되살아나서 나는 더욱 어리둥절하지 않을 수 없었다. 어디에도 프랑스 파리에 실제로 있는 북녘 호텔의 분위기는 스며 있지 않았다. 소설에 그려진 그 젊음도, 그 사랑도, 그 방황도, 그 좌절도 없음에 틀림없을 호텔이었다. 그렇다면 북녘의 호텔이라는 까닭만으로? 모를 노릇이었다. 이런 착종(錯綜)에 나는 종종 스스로 속는 부류의 인간이었다. 하지만 스스로 그러하고 싶을 때 벌어지는 서글픈 습관이었다. 나는 나의 북녘 호텔 로비에서 붉고 푸른 한복을 입은 여자 안내원들과 검은 양복 차림의 남자 안내원들을 멍하니 바라보았다. 도대체 무얼 하며 이 저녁, 이 밤을 지낸단 말인가.

나는 느릿느릿 호텔 밖으로 나와 어둠에 덮인 대동강을 바라보며 어슬렁거렸다. 강 건너 아파트의 먼 불빛은 한결같이 창백한 형광등 빛이었다. 그 옆 거리는 어디든 캄캄하기만 했다. 밤의 문화가 없는 도시는 유령의 도시라는 생각이 들었다. 더군다나 나 같은 올빼미 족속에게는 모든 명분을 떠나서 어찌 됐든 말든 활기찬 밤의 생활이 있어야 하는 것이었다. 이럴 때 호텔 옆에 포장마차라도 있었으면 얼마나 좋을까 싶었다. 서울 인사동 옆길의 포장마차 카타르시스가 머릿속에 그려졌다. 본래 이름이 우악스럽게도 술을 찾아서인 것을 내가 바꿔준 것이었다. 하지만 카타르시스 역시 우악스럽기는 마찬가지였다. 카타르시스의 원뜻이 뭔 줄 아우? 설사라는 거야, 설사.

짝짝 싸는 거지. 누군가가 술 취해 야유하기도 했다. 아무려나 괜찮았다. 설사든 철사든 포장마차 카타르시스는 붉은 장막 속 따뜻한 불을 밝히고 그곳에서 나를 위로해주곤 했다.

강 건너 캄캄한 쪽을 바라보던 나는 호텔 안으로 들어와 로비의 찻집 벽을 이루고 있는 큰 어항 속을 한동안 들여다보기도 하고 기념품 상점을 구경하기도 하며 시간을 보냈다. 그러다가 맥주 몇 병을 사들고 방으로 돌아오는 게 고작이었다. 용성 맥주가 미리 떨어지고 기린 맥주와 하이네켄이 남아 있었다. 나는 각각 두 병씩을 사는 데 5유로를 썼다. 그리고 뭐 더 살 게 없나 두리번거리다가 도무지 마땅치 않아 나무 손잡이 병따개를 비닐봉지에 보태 넣었을 뿐이었다. 시계니 전자계산기니 볼펜 따위가 진열장 안에 놓여 있었다. 한복을 입고 방글방글 웃음을 띤 여점원은 친절했으나, 물건을 사려면 옛 러시아식으로 카사(kasa)를 거치게 된 제도에 나는 쓴웃음을 머금었다. 사고 싶은 물건을 점원에게 말하면 점원은 쪽지에 적어서 계산하고 오라고 말한다. 한옆에 자리 잡고 있는 사람에게 가서 돈을 계산하고 그 계산서를 점원에게 가져가 물건을 건네받는다. 우리로 보면 한 단계를 더 거치게 되어 있는 것이다.

한때 세상을 반으로 갈라 이상을 꿈꾸었던 사람들의 모습은 어디에 있을까. 탐욕스러운 자본주의에 맞서 인간의 본질을 순수에 맞추려 했던 사람들의 몸부림은 어디에 있을까. 이상과 현실의 간극은 영원히 극복될 수 없는 것일까.

십몇 년 전 러시아에서 보낸 겨울을 회상했다. 내가 M을 만나서 첫 번째 겨울이었다. 그것을 우리의 신혼여행이라고 하는 친구들도 있었다. 그러나 나는 그녀와 함께 무턱대고 러시아로 떠났었다. 아직 거리에 영어 간판이라곤 볼 수 없었던 시절이었다. 하루도 빼지 않고 눈이 내렸다. 시내로 나갔다가 돌아오는 궤도 버스는 사람들이 미어져서 차비는 여러 승객들의 손을 거쳐 운전자에게 전달되었고, 다시 잔돈이 여러 승객들의 손을 거쳐서 내게로 왔다. 기나긴 밤을 지나 아침이면 줄지어 서서 카사에 돈을 계산하고 빵과 요구르트를 사던 나날이었다. 요구르트를 스메타나라고 하던 러시아 말은 햄버거를 감부르기라 하고, 햄릿을 감릿이라고 하던 것과 함께 뇌리에 깊이 남았다. 푸시킨이 있었고, 도스토예프스키가 있었고, 문학 카페가 있었고, 세계 3대 미술관 가운데 하나인 에르미타주가 있었고, 지나간 혁명의 그림자가 있었다. 눈 덮인 녜프스키 거리를 걷는 동안 그녀와 나는 우리가 왜 그곳에 와서 헤매 다니는지 알 것 같다고 말했다. 우리는 그때 한 시대를 꿰뚫어간

망령을 보고 있는 것이었다. 꽝꽝 얼어붙은 네바 강의 얼음 위에 웅크리고 있던 청둥오리처럼 우리 몸이 얼어붙어간다 해도 우리 영혼은 오로라처럼 환해져야 했던 것이다.

그런 어느 날, 상트페테르부르크에서 차를 몰아 핀란드 쪽으로 달렸다. 레닌이 혁명의 어려움을 맞아 숨어 있던 아지트라고 했다. 한때는 접근하기조차 어려웠다는 그곳은 으스스한 어둠에 잠겨, 이제는 아무도 얼씬대지 않는 가운데 텅 빈 집만이 지나간 시대를 말해주고 있었다. 그가 꿈꾸었던 세계는 어디에도 보이지 않았다. 모두가 평등하게 사는 사회에의 갈망은 구호만으로 끝나서는 안 될 테지만, 현실은 아득했다.

뭔가 막막한 심정으로 방에 돌아온 나는 혼자 앉아 맥주를 마시기 시작했다. 그는 쉽게 돌아올 것 같지 않았다. 아까 식당에서 47층의 라운지를 들먹였던 걸로 보아 그곳에 갔을지도 몰랐다. 이 거대하고 무표정한 호텔의 용도는 무엇일까, 나는 로비의 의자에 앉아 물었었다. 우리들 일행 말고는 관광객이라곤 눈에 띄지 않았다. 아마도 일 년에 한두 번 치르는 무슨무슨 붉은 세계대회를 위해서 일부러 만든 호텔인 모양이었다. 여러 곳으로 분산되면 격리시켜 관리하기 어려울 것이다. 바깥 모양도, 오르내리는 전망 엘리베이터가 훤히 들여다보이도록 하여 뭔가 살아 있다는 감을 주려고 애쓰고는 있으나, 시멘트 덩어리라고만 보이는 건물은 어설퍼만 보였다. 일본의 건축가 안도 다다오가 살려냈다는 저 노출 콘크리트 공법의 건축은 천만에 아닐 것이었다. 고등학교 출신에 불과한 그는 콘크리트를 다른 무엇으로 감싸 바르지 않고 그대로 드러낸 채 마감함으로써 일류 대학 출신 건축가들을 경악시키면서 새로운 건축 개념을 일본뿐 아니라 세계에 외쳐 유행의 한 흐름을 이끈 건축가라고 했다. 한 가지 모를 것은 그것이 더 돈이 드는 건축이라는 사실이었다. 아마도 천의무봉이 더 어렵다는 뜻이리라, 나중에 나는 받아들였다. 북녘의 거의 모든 건물이 노출 콘크리트였다. 여기에 대해서도 나는 나름대로 결론지었다. 뜻이 없는 노출은 그야말로 남루가 아닐까, 하고. 양각도 호텔이 그 물결을 탄 건물이라고는 여겨지지 않았다. 건축에 대해서 쥐뿔도 모르는 주제에 나는 이런저런 생각에 재미를 붙이고 기린 맥주와 하이네켄 맥주를 번갈아 따며 시간을 죽이고 있었다. 그러나 분명한 것은, 마음대로 드나듦이 불가능하니, 수용소가 별게 아니라는 사실이었다. 그곳이 수용소였다.

건축 때문일 것이었다. 문득 가우디라는 건축가 이름과 더

불어 며칠 전에 받았던 전자편지가 머리에 떠올랐다.

> 저는 신혜경입니다.
> 혹시 바르셀로나에서 만나신 분이 아니신지요? 구엘 공원에서 저의 사진을 찍어주셨던 분 아니신가요? 독일에서 공부하고 계신다는 분이시죠? 전공이 기계공학이시고 친구 분을 위해서 가우디의 작품을 찍으시던 분 맞으시죠? 사실이라면 안녕하신지요? 저도 이젠 돌아갈 준비를 하고 있습니다. 그럼 안녕히 계세요.

이게 웬 뜬금없는 편지란 말인가. 교신이 어떻게 잘못된 듯했다. 그것은 미지의 여성으로부터 내게 온 메시지였다. 광활한 공간에서 지금도 미지의 교신이 이루어진다고 생각하니 컴퓨터가 그리워졌다. 그곳은 컴퓨터가 일상화되지 않은 세계였다. 나도 그것을 쓰기까지 제법 저항하기는 했었다. 이리저리 둘러보아도 견딜 재간이 없었다. 그렇건만, 컴퓨터를 활용한지 얼마나 되었다고 그리움의 정체를 거기서 찾고 있단 말인가. 그것이 있음과 없음의 차이라는 사실에 나는 적이 당혹스러웠다. 게다가 그곳은 전화조차 다른 나라로는 걸지 못했다.

낮에 본 소년의 모습도 덩달아 떠올랐다.

길가 둔덕 위에서 소년이 내려다보고 있었다. 초등학교 3, 4학년쯤 되었을까. 누런 바지에 체크무늬 윗도리 입성은 낡고 흐려 보였다. 이쪽이 손을 흔들어도 답손을 흔들지도 않고 물끄러미 내려다보고만 있었다. 길가에는 코스모스가 군데군데 무리지어 피어 있었다. 코스모스란 그리스 말로 이 꽃으로 장식한다는 뜻이라고 했다. 외국을 여행하다가도 만난 꽃이지만, 그곳에서보다 우리에게 어울린다는 생각은 어디서 온 것일까. 그러니까 어느 나라에서 왔든 코스모스는 이제 이 땅의 가을을 장식하는 꽃이었다.

북녘 땅에도 가을의 정취가 애잔했다. 버스를 타고 평양까지 가는 것은 남북이 갈린 이래 처음이었다. 그곳으로 간다고 했을 때, 가을꽃이 무엇인지 보려는 기대에 부풀었었다. 그러나 황량한 들과 뜰에는 거의 꽃을 볼 수 없었다. 그래도 아파트 난간 위에 화분을 올려놓은 집이 있어서 새삼스러웠으나, 무슨 꽃나무인지 꽃은 피어 있지 않았다. 한낮임에도 집들은 한결같이 어두웠다. 그 길가에 코스모스가 피어 있었다. 코스모스를 배경으로 사진 한 장을 찰칵 찍었다. 남녘에서는 그냥 지나쳤을 법한 풍경이었다. 하지만 나는 그 코스모스들을 그냥 지나치지 못했다. 어떤 의미를 부여하고 싶었다. 찰칵, 하는 순간의 소리에 오랜 여운이 남아 귓바퀴를 맴돌았다.

소년이 있었다. 물끄러미, 퀭한 눈동자로, 힘이 없어서 말을 못하고 소년은 서 있었다. 그럴 리는 없건만, 그 소년이 예전의 나로 보이기도 했다. 저 소년은 무슨 꿈을 품고 있을까. 어떤 미래가 기다리고 있을까. 소년의 미래를 이 꽃으로 장식하며 가을이 무르익어가기를 빌어주는 마음, 스산한 하루, 눈시울이 뜨거워 북녘 땅을 제대로 바라보기 어려웠다.

나는 마시던 맥주를 남겨둔 채 47층으로 향했다. 라운지는 서울 남산 타워처럼 전 층이 천천히 회전하게 되어 있는 설계였다. 먼 아래쪽 아파트의 창백한 형광등 불빛 사이로 그래도 한두 군데쯤 번쩍이는 무슨 네온사인이 내려다보였다. 여러 사람들이 모여 떠들며 맥주를 마시고 있었다.

개성공단이 숨통을 틔워줘야지요. 남북 서로 좋은 일이니까.

개성에 터를 닦고 있는 공단은 오나가나 화제였다.

이러다간 우리 제조업은 끝장입니다. 어디로든 나가야지요.

한국의 기업들이 높은 임금에 어려운 형편임은 어제오늘의 일이 아니었다. 중소기업들은 모두 울상이라는 보도였다. 게다가 노사 문제는 늘 삐걱거렸다. 중국으로만 벌써 백만 개의 일

자리가 옮겨갔다는 보도도 있었다. 라운지 테이블을 차지하고 있는 사람들은 하나같이 남녘 사람임을 한눈에 알 수 있었다. 그러나 내가 알 만한 사람은 있지 않았다. 거기 있으리라 여겼던 사내도 모습이 보이지 않았다. 나는 빈 테이블에 앉아 맥주를 주문했다.

안주는 새우튀기로 할까요?

차림표를 이리저리 살펴보자 여종업원이 말했다.

새우튀기가 뭔데요?

무엇인지 어리둥절해 있는 동안 그녀는 쏜살같이 사라졌다가 맥주 한 병과 새우깡 한 접시를 담아 내왔다. 바르셀로나 구엘 공원의 여자와 둔덕 위의 소년의 모습이 교차되며 내가 세상과 격리되어 있다는 생각이 짙어졌다. 나는 아무도 모르는 곳에 나 홀로 와 있는 것이었다. 외국을 떠돌던 나는 시골 소년이 되어 캄캄한 밤에 홀로 멀뚱멀뚱 깨어 있는 것이었다. 마른 수수깡을 흔드는 바람 소리가 들려오는 듯했다. 드럼통으로 구들장을 깔고 흙을 덮은 방에 군불을 지피고 잠들면 새벽녘에는 냉골이 되어 머리맡에 떠놓은 물이 꽁꽁 얼어붙던 시절의 어린 내가 있었다. 군용 담요로 바지를 만들어 입고 탄약 상자의 앉은뱅이책상에 엎드려 우리는 대한민국의 아들딸,

죽음으로써 나라를 지키자를 읽던 내가 있었다. 그 세월의 간극을 건너 살아남아 컴퓨터를 두드리고 있는 내가 예전의 나인지 의심이 들기도 했다. 나는 다시금 내가 혼란스러워서 스카이라운지를 자꾸만 휘둘러보았다. 나는 개성공단에 대해서는 잘 알지 못했다. 남녘의 경제 발전을 이룩하는 데 앞장섰던 제조업이 어려운 상태에 있다는 사실은 너무나 자주 보는 기사였다. 무엇이 어찌됐든 나로서는 하루 빨리 남과 북의 철도가 연결되어 북으로, 만주로, 시베리아로, 유럽으로 달려가보고 싶은 마음이 급했다. 철의 실크로드라는 신문 보도를 보고 가슴이 뛰었다.

우두커니 앉아 감상에 젖어 있던 나는 33층의 방으로 내려왔다. 그는 뜻밖에 테이블 위에 책 몇 권을 쌓아놓고 뒤적거리고 있었다. 아닌 게 아니라 로비 한구석에 서점이 있었다. 하지만 유리창 안으로 들여다보이는 책들이 너무나 조악하게 보여서 나는 그냥 지나쳤었다.《조선의 전설》이니《장군님의 생애》니《조선 력사》니 하는 책들이었다. 그는 47층에 간 게 아니라 그 서점에 들른 모양이었다. 나로서는 M이 서점을 하다가 홀랑 들어먹고 빈털터리가 된 경력이 있는 터라 더욱 외면했는지도 모를 일이었다. 그녀는 도무지 팔리지 않는 책들을 어쩌자고 용달차에 싣고 내게로 왔었다. 북녘의《문학예술사전》도 그 안에 있던 걸 나는 기억하고 있었다.

책들 만든 솜씨라곤, 쯧쯧.

그는 혀를 찼다. 그래도 나는 호기심으로 책들을 훑어보았다. 다른 책들과 함께《삼국유사》가 눈에 띄었다. 반가웠다. 그 책에 빠져든 무렵이 있었다. 나는 리상호 번역으로 사회과학연구원 민족고전연구소에서 펴낸, 북녘의《삼국유사》를 만지작거렸다. 그 책에 빠져들어 나는 국학자가 되기를 꿈꾸기도 했었다. 무엇이 되기를 정하지도 못하고 살아온 삼십 년의 시간이 인생이라는 이름으로 기진맥진하여 널브러져 있었다.

이 책이 있었군요. 백두산엔 가보셨나요?

나는 문득 물었다.《삼국유사》를 보면서 왜 백두산을 말하고 있는지 나도 모를 노릇이었다. 아마도《삼국유사》에서 고조선의 시조 단군을 연상했고, 아울러 백두산을 연상했던 것이리라. 그러자 그가 들었던 책을 내려놓고 나를 쳐다보았다.

백두산은 우리 역사와 아무 상관이 없어요.

단호한 말이었다. 나는 그를 마주 바라보았다. 내가 말을 잘못 꺼냈나 싶었다.

그래서 백두산에 갈 필요를 느끼지 않았지요.

그는 말을 끊고 내 담배에 손을 가져갔다. 무엇인가 말을 하려는 것이었다. 나는 백두산에 가려고 일본의 후쿠오카로 돌아 상하이를 거쳐 옌볜으로 향하는 어려운 길을 갔던 기억을 되살렸다. 중국과 국교가 없던 시절이어서였다. 날씨 때문에 천지 호수를 못 볼까봐 조마조마한 마음으로 오른 그곳은 안개가 자욱이 끼어 아무것도 보이지 않았다. 그러던 찰나, 언제 그랬더냐는 듯 사위가 밝아오며 호수가 눈앞에 펼쳐졌다. 환호성을 지르며 바라본 그것이 천지였다.

단군이 이 땅에 내려와 나라를 열었다는 곳은 태백산이라고 되어 있지요.

그는 빼끔담배를 몇 모금 빨고 나서 입을 열었다. 그리고 태백산이란 지금의 중국 산둥 성에 있는 태산을 말한다고 잘라 말했다. 그러길래 동이족의 여러 제왕들은 그곳에서 임금이 되는 절차를 밟았다. 이를테면 진시황이 선양(禪讓)을 받은 곳도 태산이었다. 다소 어렵게 들렸으나, 나는 그의 말이 이른바 재야 학자들의 이론에 닿아 있음을 어렴풋이나마 알고 있었다. 그들은 옛날 우리 영토가 중국 북부 산둥 성까지 아우른다고 주장했다. 나는 공연히 백두산을 들먹였다는 생각이 들었다.

맥주가 남은 게 있는데요.

나는 냉장고에 넣어둔 맥주를 꺼내왔다. 그는 역사 강의를 본격적으로 계속할 모양이었다. 듣고 있기가 거북했다. 하지만 이미 쏟아진 물이었다. 그는 내가 따르는 맥주를 받으면서도 요임금이 어떻고 순임금이 어떻고 계속하고 있었다. 쉽게 멈출 것 같지 않았다. 나는 속으로 입맛을 쩝쩝 다셨다. 난처한 일이었다. 그의 말은 여진족과 말갈족, 숙신족 등등을 거쳐가고 있었다. 모두가 우리 민족이라는 것이었다.

아무래도 맥주를 더 사와야겠어요.

나는 그의 강의를 막을 요량이었다. 술에 적당히 취한 상태로 잠들고 싶었다. 그러나 그는 기다렸다가 계속하겠노라는 표정이 역력했다. 어쨌거나 별수 없었다. 그의 강의를 얼마쯤 듣는다 해도 약간 뜸을 들이는 일은 필요하겠다는 생각이었다. 아래층으로 내려온 나는 로비를 어슬렁거리다가 가게를 닫을 시각이 되었다는 말을 듣고서야 맥주를 사들었다. 텅 빈 로비에는 안내원들만 오가고 있었다.

그곳까지 와서 엉뚱한 역사 강의를 듣게 될 줄은 몰랐었다. 나는 다만《삼국유사》가 반가웠을 뿐이었다. 이병도 번역의 그 책을 오래전에 읽고 내용과 관계되는 유적지를 찾아다니기도 했었다. 산둥 성의 태산은 내게는 아무 소용에 닿지 않았다. 아무래도 백두산이 화근이었다. 청나라를 세운 여진족의 누르하치가 태어난 소천지도 백두산에 있었다. 그래서 백두산을 신성하게 여겨 팔기군으로 하여금 그 일대를 지키게 했다는 것이었다. 함부로 드나들면 그 자리에서 목을 쳤다고 했다. 그랬을지언정 멀고 먼 고조선의 시조와는 별개라는 게 그의 주장인 듯싶었다.

그런데 방으로 돌아와보니, 그는 침대에 누워 잠들어 있었다. 다행이었다. 내가 일부러 시간을 끈다고 알고 자리에 누웠다는 생각에 미안한 마음이 인 것도 잠시였다. 나는 편안하게 의자에 앉아 《삼국유사》를 손에 들었다. 아침부터 서둘렀음에도 불구하고, 말했다시피 올빼미족인 내가 잠들 시간은 아니었다. 나는 처음 그 책을 읽던 무렵을 상기했다. 그리고 〈구지가(龜旨歌)〉 부분을 폈다. 바야흐로 M과의 만남이 시작되던 무렵이었다.

그녀를 생각하면 무엇보다 플루메리아 꽃의 향기가 코끝에 스친다고 말하고 싶었다. 하와이에 가면 환영의 뜻으로 목에 걸어주는 레이에 난꽃과 함께 꿰여 있는 꽃이었다. 폴리네시아 섬나라들의 레이뿐만 아니라 인도나 동남아 여러 불교 나라에서는 부처님께 꽃공양을 드릴 때 가장 흔히 올리는 꽃이었다. 무성하게 자라는 나무에 흐드러지게 피는데, 다섯 장의 꽃잎은 가운데로 조금씩 노랗게 짙어지며 바람개비 모양을 이루는 꽃. 스리랑카에서의 어느 날, 인도양으로 난 창문을 열자 이 꽃이 활짝 핀 나뭇가지가 인사를 하듯 흔들리고 있었다. 아아, 이 꽃이었어. 캄보디아의 한 사원에서 내가 꽃이름을 묻자 그곳 사람들이 참파위, 참파위 하고 가르쳐준 그 꽃…… 참파위, 플루메리아. 향기가 유난히 짙었다. 달콤하다 못해 코가 아릴 정도였다.

그녀와 함께 갔던 김해의 은하사에서 내가 맡는 꽃향기가 그것과 같다면 환상 아닌 환취(幻臭)였다. 그런 낱말이 없다 하더라도 그랬다. 그곳에는 불두화가 한창이었다. 갓 지나가고 있는 봄의 화사한 모든 꽃들이 이운 자리에 채 가시지 않은 향기가 함께 모여 역사의 향기마저 새삼 불러일으키는 것처럼 받아들여졌다. 나는 꽃향기 속에 아지랑이처럼 살아나는 아득한 시간을 바라보았다. 애초부터 역사는 살아 있다 하는 따위의 뒷북을 칠 생각은 아예 없었다. 그 대신 나는 역사의 향기를 우리의 만남 안에 불어넣으려는 욕심을 가졌다고 고백해야 할 것이었다. 그런 다음 나는 김수로왕의 능에 갔다가 오른쪽 길로 해서 허왕후릉을 지나 왼쪽의 낮은 언덕인 구지봉에 올라 하나의 노래를 그녀에게 외워주었다.

나는 북녘의 《삼국유사》에서 그 노래에 얽힌 구절을 읽기 시작했다.

> 천지가 열린 이래 이 땅에는 아직 나라나 임금이나 신하를 부르는 명칭이 없었다. 여기에 아도간, 여도간, 피도간, 오도간, 유수간, 유천간, 신천간, 오천간, 신귀간 등 아홉 간이 있었다. 서기 42년 3월 제삿날에 북쪽 구지에서 무엇을 부르는 소리가 들려 이삼백 명이 모여들었다. 그러자 모습은 보이지 않는데 사람의 목소리가 들렸다.
>
> "거기 누가 있느냐?"
>
> "우리들이 있습니다."
>
> 구간 등은 대답했다.
>
> "내가 있는 곳이 어디인가?"
>
> "구지봉입니다."
>
> "하늘에서 나를 이곳에 내려가 나라를 새롭게 하고 임금이 되라고 하셨다. 너희들은 봉우리 위에서 흙을 파면서 노래하라."

이렇게 하여 불린 노래가 〈구지가〉였다. 나는 그가 혹시 잠에서 깨어날세라 나직이 외워보았다.

거북아 거북아, 머리를 내밀어라(龜何龜何首其現也).

만약 안 내밀면 구워먹을 테다(若不現也燔灼而喫也).

웬만한 사람이면 어디선가 들어보았음 직한 노래였다. 계욕일로 표기되어 있는 제삿날에 부른 노래라니까 일종의 굿판 푸닥거리 노래라고도 할 수 있었다. 애초에 내가 그 노래에서 이상하게 여긴 것은 거북이었다. 임금이 될 사람이 부르라고 시킨 노래, 임금을 맞이하기 위해 부르라는 노래에서 거북은 암호라고 해야 옳았다. 직장에서 돌아와 암호에 매달렸던 밤들이 눈에 그려졌다. 간단히 말해, 거북은 일본말로 카메라고 발음되어 감, 검, 금이 되고 임금을 뜻했다. 그러므로 거북아, 머리를 내밀어라는 임금님, 머리를 나타내소서가 되었다. 저녁에 호텔 로비에서 본 큰 수조에는 거북 두 마리가 눈을 껌벅이고 있었다. 태평양에 산다는 설명을 곁들여놓고 거부기라고 씌어 있어서, 그곳 사전에는 거북이 거부기가 되어 있는 줄 알았으나, 책에는 역시 거북이었다.

거북 암호를 붙잡고 있던 어느 날 나는 〈구지가〉가 신라의 다른 노래와 너무도 똑같은 것에 눈길을 돌리고도 있었다. 강릉 태수 순정공이 부임하다가 바닷가에서 쉬고 있는 틈에 아내 수로부인이 그만 바다 용에게 잡혀가자 동네 사람들을 모아 부르게 한 노래였다.

> 거북아 거북아, 수로를 내놓아라.
> 남의 아내 훔쳐간 죄 얼마나 큰가.
> 만일 거역하고 내놓지 않으면
> 그물로 잡아 구워먹을 테다.

노래를 듣고 용은 수로부인을 놓아보냈는데, 돌아온 부인의 몸에서는 이 세상의 것이 아닌 희한한 향기가 풍겼다. 여기서는 거북이 바다 용이 된다. 이것이 무슨 조화일까. 이 노래가 불린 것은 〈구지가〉로부터 무려 칠백 년이나 뒤였다. 김수로왕이 세운 가라 혹은 가야, 가락이라는 나라도 신라에 항복하여 없어진 뒤였다. 그런데도 전혀 다른 시간과 공간에서 불린 노래는 같은 노래가 조금 바뀐 모습을 하고 있다. 더군다나 한 노래는 수로임금을 부르고, 또 한 노래는 수로부인을 부른다. 수로부인은 자태와 얼굴이 너무 예쁜 나머지 깊은 산과 큰 못을 지날 때면 매번 신(神)에게 붙들려 갔다는 여인이었다. 이토록 아름다운 여인의 행적은 바다 용에게 잡혀가기 전에도 충분히 이야기되어 있다. 역시 순정공이 강릉 태수로 부임하던 길에 바닷가 벼랑 아래에서 점심을 먹고 있을 때였다. 천 길이나 되는 바위 벼랑 위에 철쭉꽃이 피어 있었다.

저 꽃을 꺾어줄 사람 누구 없을까요?

수로부인의 말이었다. 시종들은 도저히 올라갈 수 없다고 고개를 내저으며 뒤로 물러섰다. 그러자 웬 노인이 앞으로 나오더니 다음과 같이 노래를 지어 부르고 벼랑에서 꽃을 꺾어다 바쳤다. 노인이 누구인지는 아무도 몰랐다.

자줏빛 바위 가에
잡고 있는 암소 놓게 하시고
나를 아니 부끄러워하시면
꽃을 꺾어 바치오리다.

한 아름다운 여인을 둘러싼 농염하고 신비한 이야기였다. 모두 내 고향 강릉 가는 길에 벌어진 일이었다. 나도 늙어서 내 고향 강릉 바닷가 벼랑의 꽃을 꺾어 누구에겐가 바치는 노인이 되리라. 그리고 아무도 모르는 사람으로 잊혀지리라. 어쩌다 고향에 가서 바닷가 길을 걸으면서 다짐했었다. 〈헌화가(獻花歌)〉로 불리는 노인의 노래는 삶을 생각게 했다. 철쭉꽃이 달리 보였다. 진달래와 닮았어도 해사한 맑음이 아니라 더 붉은 데다 짓붉은 점들까지 찍혀 있는 게 그전에는 싫었었다. 〈헌화가〉는 내게 새로운 철쭉꽃을 한 아름 안겨주었다.

그런 한편, 바다 용에게 잡혀간 아내를 내놓으라는 노래는 수로왕이 임금이 되는 과정이 민간에 퍼져 오랜 세월 널리 노래되어왔다는 사실을 증언하고 있다고 읽혔다. 왕권과 민간의 융화였다. 구간 등이 〈구지가〉를 부르며 춤을 추자 무슨 일이 일어났던가. 하늘에서 보랏빛 노끈이 내려오더니 붉은 보자기에 싼 금합이 나타났고, 그 안에는 해같이 둥근 황금알 여섯 개가 들어 있었다. 이 알에서 곧 사내아이가 태어나 수로왕의 가야국을 비롯하여 여섯 가야의 임금이 되었다. 알에서 태어나 임금이 된다는 것은 여러 민족에서 흔히 보이는 설화였다. 고구려의 고주몽, 신라의 박혁거세와 김알지도 알에서 태어났다고 했다.

그녀와 김해를 둘러보고 나서 나는 가야, 가라, 가락이라는 나라 이름에 부쩍 달라붙었다. 그녀를 만나기 전부터 의문을 품었던 것이기는 했다. 그러다가 갑작스레 화두로 떠오른 것이었다. 함께 등장하는 걸로 보아 셋은 같은 뜻의 말이었다. 나는 이책저책 뒤적거린 끝에 중국이나 일본의 역사책에 가라가 먼저 나오고 차츰 가야로 옮아간다는 사실을 읽을 수 있었다. 그렇다면 가라란 무엇일까. 여러 가지 설이 있었다. 머리에 쓴 관에 뾰족한 걸 꽂는 걸 변이라 하는데 가라는 변한 땅에 세워졌으므로 거기서 유래했다는 둥, 가장자리에 자리 잡고 있는 갓나라에서 유래했다는 둥 강의 옛말인 가람에서 유래했다는 둥 가지각색이었다. 아리송한 설들은 어느 것 하나 그렇구나 할 만한 게 없었다.

뭐 좀 감이 잡혀?

그녀는 심심하면 묻곤 했었다.

글쎄, 뭔가 있는 거 같긴 한데.

나는 헤매고 있었다.

근데 말야. 국어사전 보다가 알게 된 건데, 이런 게 있더라.

그녀는 웃음을 머금었다. 뭐냐고 하면서 무심코 나는 그녀가 일러준 대로 국어사전을 펼쳐보았다. 간단했다. 가라말(명) 검은 말. 그리고 괄호 속에, 《노걸대(老乞大)》라는 책에 근거를 두고 있다고 밝혀놓고 있었다.

어?!

나는 놀랐다. 요즘 말로 필이 꽂힌다는 게 그럴 터였다. 가라말(명) 검은 말. 나는 읊조렸다. 가라는 간단명료하게 검다는 뜻이었다. 일본말로 카라에 가깝게 발음되는 가라가 검다의 뜻임을 알고는 있었다. 검다는 현(玄)이 가라였고, 흑(黑)은 구로였다. 가라와 구로는 발음이나 뜻의 맥락이 같은 말이었다. 그런데 한국의 한(韓)도, 중국의 당(唐)도 가라였다. 어쨌든 나는 그 언저리를 빙빙 돌며 우리의 가라가 검다는 뜻임을 꼭 짚기 어려웠다. 그런 판에 그녀가 국어사전을 불쑥 들이민 것이었다. 이를테면 일언이폐지왈(一言以蔽之曰), 가라말은 검은 말이었다.

그다음은 말마따나 일사천리였다. 어떤 책에서 뭐라든 누가 뭐라든 상관없었다. 나는 검음에 빠져들어갔다. 그러고 보니 일찍이 거북도 그것이 아니었던가. 감, 검, 금이 아니었던가. 나아가 곰도 그것이었다. 그리고 가라지봉, 가리산, 가막산, 감악산, 감은산, 가마메 등 산이름에서부터 고마나루, 곰바위, 곰소, 개마고원 등 지명에 이르기까지 온통 그것이었다. 김해는 물론 김천, 김포, 금산, 금촌 등도 그것이었다.

아니, 거북이가 곰이라니, 그 둔갑술 한번 굉장하군.

내 설명을 들은 그녀는 키득거렸다.

지금은 비아냥거릴 때가 아냐.

그녀의 태도가 일종의 격려라는 사실을 나는 알고 있었다. 그리고 무슨 일이든지 빠져들면 물불을 못 가리는 게 나였다. 나는 내 술에는 인사불성이, 연애에는 질풍노도라는 부제(副題)가 붙기를 바라곤 했었다. 내친김에 나는 도서관에서 브리태니커 사전 색인편을 대출받아 전 세계의 지명에 등장하는 가라를 조사하는 호기를 부리기도 했다. 영문자 KARA 혹은 QARA로 표기되는 그것 또한 북방민족 계열 말에서 검다의 뜻이었다.

그리하여 나는 어느 판타지 영화의 주인공처럼 검다의 열쇠로 굳게 닫혀 있는 녹슨 자물쇠를 열고 찾아 들어갔다. 몽골의 옛 왕도 카라발가순(黑都)과 터키의 옛 왕궁터 카라 테페(검은 언덕)를 거쳐 러시아의 카라 해(黑海)까지, 중국 서북쪽의 카라쿨 호수를 거쳐 카라쿰 사막까지, 카라수크 문화를 거쳐 카라키타이(黑契丹) 왕조까지, 고조선의 왕검성과 고구려의 가라홀과 백제의 곰나루와 신라의 금성과 일본의 가마쿠라 막부까지…… 우리 민족이 주체가 되어 있는 북방계에서 위대하고 신성한 대상들에 두루 이름붙어 있는 그 가라, 감, 검, 곰, 금의 감히 범접할 수 없는 세계로. 그 세계사의 키워드 열쇠를 마음 속 깊이 간직하고.

가라는 높고 깊고 넓은 숭배의 대상이자 세계였다. 구지봉이, 거북이 엄연히 거기에 있었다. 산봉우리가 하늘을 우러르는 북방계 설화에 연결되고, 거북이나 용이 물과 관계 있는 남방계 설화에 연결된다는 것은 지극히 초보적인 이야기에 지나지 않았다. 고구려 무덤 벽화에도 용과 거북이 그려져 있었다. 그들은 흰 호랑이, 붉은 새와 함께 삶과 죽음을 넘나드는 신령스런 동물의 상징이었다.

얼마 뒤, 브리태니커 사전의 세계지도에 나타난 가라의 영토를 그려보니 다음과 같은 지리부도가 되었다.

그것은 서쪽의 터키 땅에서 페르샤 고원을 지나 러시아 중남부의 우랄 산맥을 넘고 시베리아와 만주를 거쳐 한반도와 일본 규슈에 이르는 드넓은 영토였다. 이상한 것은 그 밖에 세계 어디에서도 가라의 명칭은 나타나지 않는 것이었다. 그것은 명확한 띠를 이루고 있었다. 가라가 갖는 뜻을 더 공고히 해주는 것이었다.

나는 내가 만든 지리부도를 그녀에게 보여주며 흐뭇해하던 나를 기억했다. 시계를 보자 어느덧 자정을 넘어 있었다. 나는 또 한 병의 맥주를 따고 담배를 피워 물었다. 사내는 한 번 깨어나서 아직 안 자느냐고 잠꼬대처럼 말하고는 이내 곯아떨어졌다. 푸우우푸우우 코 고는 소리만 계속되었다. 나는 그가 말한 고조선에 관한 부분을 찾아보았다.

> 옛날 하늘을 다스리는 환인의 아들에 환웅이 있었다. 환웅이 땅을 다스리려는 뜻을 품고 있었기에 아버지는 삼

> 위태백을 땅에 내려보냈다. 환웅은 무리를 이끌고 태백산 신단수 아래로 내려왔다. 이때 곰과 호랑이가 사람이 되려고 하므로 환웅은 쑥 한 타래와 마늘 스무 개를 주며 이것을 먹고 백 일 동안 햇빛을 보지 말도록 시켰다. 호랑이는 견디지 못하고, 곰은 견디어 여자가 되었다. 환웅은 곰 여자와 맺어져 아들 단군왕검을 얻었다. 이 단군이 세운 나라가 고조선이었다.

아닌 게 아니라 백두산이라는 구절은 보이지 않았다. 주석에도 태백은 구월산과 묘향산의 두 가지로 나와 있었다. 그렇지만 나는 그 부분에는 그리 관심이 없었다. 나는 곰이 동물 그 자체를 말하지 않는다고 해석하고 있었다. 우리 민족이 동물로서의 곰을 숭상한다고 하는 것도 틀리다고 보았다. 그것은 동물 곰이 아니라 감, 검, 곰, 금으로서의 곰이었다. 곧 가라의 깊고 넓고 큰 세계를 일컫는 말이었다.

결혼 문제가 나왔으니 말이지, 수로왕의 결혼이야말로 여러 가지로 궁금증을 일으키는 것이었다. 수로왕은 42년에 임금이 되어 그 뒤 6년이 지나서야 아내를 맞아들였다. 한 나라의 임금이 6년 동안 혼자 있었다는 것도 사리에 맞지 않았다.

수로왕은 3척 높이밖에 되지 않는 흙으로 된 섬돌 층대 위에 짚 이엉도 자르지 않은 집을 짓고 검박하게 살다가 이듬해 정식 도읍을 정했다.

이 땅이 여뀌 잎만큼 좁고 작지만 산천이 빼어나니 16나한 부처님이 머물 만한 곳이다. 강토를 개척하면 좋겠다.

신답평이라는 곳이었다. 여뀌 잎만큼 좁은 땅은 무엇인가 있을 듯한 표현이었다. 여뀌는 마디풀과의 한해살이풀로서 늦여름에서 가을에 걸쳐 붉은 꽃봉오리가 맺혀 흰 꽃이 핀다. 잎과 줄기를 짓이겨 물에 풀어 물고기를 잡는 데 쓰며, 잎은 몹시 매워 조미료로도 쓰인다고 했다. 좁은 풀잎이라면 여뀌 잎보다 더 좁은 풀잎도 많았다. 그런데 하필 여뀌 잎인지 모를 일이었다. 그리고 그때는 불교가 들어오기 전이었으므로 16나한 부처님이 나오는 것은 나중에 《삼국유사》를 쓴 일연 스님이 덧붙였으리라고 연구자들은 보고 있었다. 하지만 여뀌 잎은 무엇이며 왜 하필 그토록 좁고 작은 땅을 택했는지는 두고두고 의문이었다. 가을에 여뀌꽃 바알갛게 핀 들길을 걸으면 늘 그 의문에 사로잡혔다. 그러나 그곳은 머지않아 무역의 중심지로서 중국과 이슬람 상인들까지 드나들게 되는 곳이었다.

아울러 철의 산지로 이름 높은 땅이 된다. 철의 중요성을 값을 매기기 어려운 시대였다. 청동기를 쓰는 사람들에게 철은 절대적이었다. 그만큼 수로왕은 작아도 긴요한 곳을 택했다고 해도 좋았다.

그곳에서 나라를 다스리던 수로왕에게 어느 날 신하들이 아뢰었다.

"임금께서 하늘에서 내려오신 이래 아직 좋은 배필을 얻지 못했습니다. 저희 딸들 가운데 얌전한 여자를 뽑아 대궐에 들여 배필로 삼으소서."

그 말을 듣고 수로왕은 대답했다.

"내가 여기 온 것은 하늘의 명령이다. 그러니 내 짝이 되어 왕후가 되는 것도 하늘의 명령일 것이다. 그대들은 걱정하지 말라."

어떤 숙명적인 사랑을 암시하는 것일까. 드디어 수로왕은 신하인 유천간에게 빠른 배와 좋은 말을 가지고 망산도로 가서 기다리게 하고 신귀간에게 승점으로 가도록 했다. 그랬더니 문득 서남쪽 바다 한쪽에서 붉은 비단 돛을 달고 붉은 깃발을 펼친 배가 북쪽으로 오고 있었다. 섬에 있던 유천간이 횃불을 밝혀 들자 배에서 다투어 사람들이 내려 달려왔다. 이를 본 신귀간은 대궐로 가서 사실을 알렸다. 왕은 기뻐하며 아홉 신하들로 하여금 맞아들이게 했다. 그러자 왕후 될 여자가 머리를 저었다.

"내가 너희를 난생처음 보았는데 어떻게 경솔하게 따라갈까보냐."

이 말을 전해 들은 수로왕은 옳게 여겨서 스스로 나아가 왕후를 맞아들이기로 했다. 그녀는 산 바깥쪽 나루에 배를 매고 높은 산에 올라가 있다가 비단 바지를 벗어 산신령에게 바쳤다. 그리고 가까이 다가온 그녀를 수로왕은 맞이하여 궁궐로 돌아왔다. 그녀는 왕에게 자기를 소개해 말했다.

"저는 아유타국(阿踰陀國)의 공주로서 성은 허(許)요 이름은 황옥(黃玉)이며 나이는 열여섯이옵니다. 부모님이 저에게 어젯밤 꿈에 하느님을 만나보았는데, 가라국의 시조 임금 수로는 하늘이 내려보냈는바 신령스럽고 거룩한 사람이니 모름지기 공주를 보내어 그의 배필로 삼으라고 하셨다면서 이곳으로 가라 하셨습니다."

공주의 말에 왕은 대답했다.

"짐은 나면서부터 현명하여 미리 공주가 멀리서 올 것을 짐작하고 있었소. 그래서 신하들이 왕비를 들이라고 청했으나 듣지 않은 것이오. 이제 현숙한 그대가 왔으니 큰 행복이오."

그리고 동침하여 이틀 밤 하루 낮을 지냈다. 그리고 함께 온 뱃사공들을 본국으로 돌려보내고, 가져온 온갖 금은보화들을 곳간에 넣어 왕후가 쓰도록 했다.

이렇게 왕후를 맞아 나라를 다스리게 되니 하늘이 땅을 가지고 해가 달을 가지고 양이 음을 가진 것과 같아서 그녀의 공로는 우러름이 컸다는 것이었다. 수로왕과 공주의 만남에는 미심쩍은 점이 없지 않았다. 밝혔다시피 왕이 된 지 6년이 지나서야 왕후를 받아들인다는 점, 그녀가 올 것을 짐작하고 있었다고 말하는 점 등이었다. 어쩌면 왕과 왕후는 미리 알고 있는 사이인지도 모른다고 짚는 사람도 있었다.

본문의 기사는 그 뒤 허왕후가 157세에 죽고, 이어서 158세에 수로왕이 죽는 것으로 되어 있다. 그리고 맏아들 거등왕이 왕위를 잇고, 다시 마품왕, 거질미왕, 이시품왕, 좌지왕, 취

희왕, 질지왕, 감지왕, 구형왕에 이르기까지 490년 동안 나라가 계속되었다고 적혀 있다. 마지막 임금 구형왕은 신라의 진흥왕에게 나라를 잃는다. 수로왕과 허왕후의 나이는 믿을 수 없었다. 더군다나 수로왕의 죽음이 허왕후보다 25년 뒤라고 하는 것도 앞뒤 계산이 맞지 않았다. 다만 허왕후의 위상이 높았음은 분명했다.

나는 김해의 왕후릉 앞 한옆 풀밭에 앉아 있다가 동네 노인에게 말을 건넸다.

보통은 왕과 왕비가 같이 무덤이 있던데 허왕후 무덤이 따로 떨어져 위쪽에 있는 까닭이 뭘까요?

전해 내려오는 말이, 왕비가 생전에는 내가 밑에 있었으니 죽어서는 위에 있겠다고 했답디다. 허허허.

얼토당토않은 대답이었다. 그러나 그 대답은 노인의 창작은 아니었다. 그곳 사람들은 다들 알고 있었다. 나는 노인의 말이 우스갯소리가 아니라 왕후의 자리매김에 대한 오랜 증언이라고 풀이했다. 생애의 마지막에 이르러 왕후는 이국땅에서 자신의 성씨가 이어지지 못하고 끊어지는 것에 안타까움을 느낀 나머지 왕에게 아들 가운데 둘째에게 허씨 성을 이을 수 있도록 허락해달라고 청했다. 왕후를 각별히 대해온 왕은 허락해주었다. 이 사실도 왕후의 높은 자리매김을 말하고 있었다. 오늘날 수로왕의 김해 김씨와 허왕후의 김해 허씨가 서로 결혼을 하지 않는 것은 그런 까닭이었다.

수로왕은 왕후를 맞아들이고 벼슬아치들의 명칭도 바로잡아 새로운 나라의 기틀을 닦았다. 왕후를 맞아들이기 2년 전에는 외부로부터의 도전도 있었다. 탈해(脫解)라는 인물의 등장이었다.《삼국유사》에는 그 과정을 매우 신화적으로 그려놓았다.

> 완하국 함달왕의 아내가 임신하여 알을 낳았다. 화하여 사람이 되어 탈해라고 했다. 그가 바다를 건너와서 수로왕에게 말했다.
>
> "내가 임금 자리를 빼앗으러 왔소."
>
> "하늘이 짐에게 명하여 왕위에 오르게 하고 나라를 안정시키고 백성들을 편안케 하라 하셨다. 하늘의 명을 어기고 왕위를 내놓을 수 없을뿐더러 백성들을 너에게 맡길 수도 없다."
>
> 왕은 꾸짖어 대답했다.
>
> "그렇다면 술법으로 겨루어봅시다."
>
> "좋다."

곧 탈해가 매로 변하자 왕은 독수리로 변했다. 다시 탈해가 참새로 변하자 왕은 새매로 변했다. 순식간에 탈해가 본래 몸으로 돌아오자 왕도 본래 몸으로 돌아왔다.

"술법으로 겨루었지만 죽지 않은 것은 성인이 살육을 증오하는 덕이옵니다. 제가 임금 자리를 다투는 것은 어림없는 일이옵니다."

탈해는 빌고 나루터로 나아갔다. 그가 머물러 일을 꾸밀까 염려한 왕은 수군으로 뒤쫓았다. 그는 계림 땅으로 달아나고 말았다.

《삼국유사》에는 탈해가 신라의 제4대 임금이 된 사람으로 적혀 있었다. 사실이야 어찌되었든 이웃 나라인 신라와의 부딪침은 어쩔 수 없는 운명임을 나타낸다고 하겠다.

마지막 임금 구형왕의 무덤은 경북 산청군에 있었다. 다듬지 않은 자연석을 일곱 단으로 쌓아놓은 특이한 형태였다. 어떤 사람은 한국의 피라미드라고도 불렀다. 문학 기행이라는 행사에 끼여 간 길이었다. 대부분의 그런 행사가 그렇듯이 강연에 곁들여 명승지를 둘러본다는 식이었다. 나는 내 작품의 배경에 대해서 이러쿵저러쿵 내 시간을 때우고 난 뒤 어디선가 점심을 먹고 막걸리도 한 잔 걸친 참이었다. 버스에서 내려 산을 끼고 구불구불 몇십 분은 걸어갔을까. 물소리가 맑게 들리는 계곡을 지나 비스듬히 쌓인 돌무더기가 커다랗게 나타났다. 심심풀이로 지나쳐볼 돌무더기가 아니었다. 흐릿한 술기운이 싹 걷혔다. 아무렇게나 쌓아놓은 듯했으나 결코 아무렇게나가 아니었다. 그것은 아름다운 조형물이었다. 무엇인지 밝혀지지 않았다는, 가운데 뚫어놓은 돌구멍도 심상치 않게 보였다. 죽은 이의 혼령이 드나들게 뚫어놓은 구멍이라는 해설이 가장 힘을 얻고 있었다. 피라미드까지는 뭣하다 하더라도 영검이 어려 있는 돌무더기라는 느낌이었다. 나는 계곡 옆에 쭈그리고 앉아 담배 한 개비를 피워 물고 〈구지가〉의 세계를 더듬어보고 있었다. 감, 검, 곰, 금의 검이시어, 검이시여 소리가 어디선가 들려온다는 생각과 함께였다.

나는 《삼국유사》를 덮고 의자에서 일어나 호텔 방 안을 서성거렸다. 수로왕과 허왕후가 언제 죽었는지는 문제가 아니었다. 허황옥, 그녀의 나타남이 가지고 있는 뜻은 무엇일까. 그녀는 과연 아유타국의 공주였을까. 또한 아유타국이라는 이상한 나라의 정체는 무엇이며 어디에 있었을까.

아유타국을 인도의 갠지스 강 중류 럭나우 가까이 있는 옛 불교 도시국가 아요디아로 보는 사람들이 많았다. 그 근거로 수로왕의 능 앞에 서 있는 문에 그려진 두 마리 물고기와 남방식 불탑, 연꽃 봉오리, 태양 무늬 등이 어우러진 장식을 들고 있었다. 그것이 아요디아의 장식과 매우 닮았다는 것이었다. 아요디아는 태양을 숭배하는 왕조의 옛 도시로서 왕자는 태양신의 화신으로 숭배되기도 했다고 한다. 하지만 허황옥이 그곳에서 배를 타고 직접 김해까지 왔다고는 믿기 어려운 구석이 많았다. 무엇보다도 그곳은 너무 멀었고, 그 무렵의 바람 방향으로 보아 동쪽으로의 항해가 불가능하다는 것이었다.

그래서 등장하는 여러 가설들이 있었다.

먼저 아유타국을 인도의 아요디아가 아니라 태국의 아유타야라고 보는 설이었다. 아유타야는 메남 강 언저리에 있는 옛 도시로서 이곳은 서기 1세기 이전에 인도의 아요디아 왕국이 건설한 식민지라고 했다. 그러므로 태국의 아유타야는 인도의 아요디아와 같은 나라라고 할 수 있으며 우리의 남해안과 거리가 훨씬 가깝다는 점에서 설득력이 컸다.

그다음에 등장하는 것이 중국 땅 푸저우(普州)였다. 김해의 허왕후릉 앞에 서 있는 비석에 보주태후(太后)라는 글자가 새겨져 있기에 추론을 거듭하여 나온 설이었다. 푸저우는 쓰촨

(四川)성 안악현의 옛 이름이었다. 이 설에서도 허황옥은 본래 인도의 아요디아를 뿌리로 둔 가문의 딸이라고 되어 있었다. 중국으로 옮겨와 큰 세력을 이루어 살던 이들 허씨가 한나라에 반기를 들었다가 토벌되는 바람에 우리 땅 김해까지 피해 왔다는 이야기였다. 그녀가 처음 올 때 배에 싣고 온 금은보화가 중국 것이라는 기록도 참고로 곁들여졌다. 이 설을 주장한 책은 상당히 넓고 끈질기게 여러 나라를 취재하여 결론을 이끌어내고 있어서 여행기로서도 흥미를 자아내기에 충분했다. 저자는 인도 아요디아로 가서 두 마리 물고기 무늬를 확인하고 그것이 고대 메소포타미아 문명에서 왔다고 밝힌다. 그 무늬가 푸저우에도 있었다. 수로왕의 능 앞에 그려져 있는 물고기와 닮은 것이었다. 김해 은하사에서 두 마리 물고기 무늬를 보게 되는 광경은 자못 감동적이었다. 그것은 법당의 부처님을 올려 모신 받침대인 수미단의 옆 장식으로 그려져 있었다. 은하사가 있는 산의 이름이 신어산(神魚山)인 것은 그 때문이었다. 나도 예전에 신어산이라는 이름에 무엇인가 특별한 것이 있다고 짐작했었다. 그 책은, 본래 인도 여자인 허황옥이 중국 푸저우에 살다가 인도의 두 마리 물고기 무늬를 가지고 우리의 김해로 왔다는 결론과 함께 가라, 혹은 가락이 인도의 드

라비다 말로 물고기라고도 소개하고 있었다.

그 밖에도 여러 설이 있는데, 한 가지만 더 살펴보면, 수로왕과 허황옥이 모두 발해 연안에 살던 동이족 사람들로서 중국의 후한 광무제에 의해 왕망의 신나라 정권이 망할 무렵 김해지방으로 옮겨왔으며, 수로왕과 허왕후도 이들 일파라는 것이었다. 김해의 유적지에서 왕망 시대에 쓰던 돈이나 유물들이 나오고 있는 것을 바탕으로 한 설이었다. 이 설에서 수로왕과 허황옥이 서로 알고 있었다는 추측이 가능했다.

허황옥은 어디서 왔을까. 나는 여러 설처럼 헤매고 있었다. 그녀가 배를 타고 올 때 싣고 왔다는 탑만이 진실을 말해줄 수 있을 듯싶었다. 보호각이 세워져 있고 그 안에 놓여 있는 탑이었다. 나는 왕후릉을 한 바퀴 돈 다음 보호각의 붉게 칠한 나무 막대 사이로 안을 들여다보았다. 파사석탑(婆娑石塔)이라고 이름붙은 그 탑은 한눈에 보아도 예사롭지 않았다. 파사(婆娑)는 국어사전의 풀이에 따르면 ①춤추는 소매가 가볍게 날리는 모양, ②몸이 가냘픈 모양, ③초목의 잎이 떨어지고 가지가 성긴 모양, ④거문고의 소리가 꺾이는 모양이라고 했다. 어느 풀이든 통할 것 같았다. 어른 키쯤이나 될까 한 그리 크지는 않은 탑이었다. 네모난 5층의 탑은 붉은색 반점을 가진 부드러운 재질의 돌로서, 뱃사람들이 험한 뱃길을 지켜준다는 믿음을 가져서 조금씩 떼어가는 통에 온통 우툴두툴 변했다고 했다. 《삼국유사》에는 이 탑의 유래에 대해서 다음과 같이 적혀 있었다.

> 파사석탑은 옛날 수로왕의 왕비 허왕후가 서역 아유타국에서 배에 싣고 온 것이다. 처음 공주가 부모의 명을 받아 바다를 건너 동쪽으로 가려고 하다가 바다신(水神)의 노여움을 받아 못 가게 되었다. 돌아와서 아버지에게 아뢰었더니 이 탑을 배에 싣고 가라고 했다. 덕분에 무사히 바다를 건너 남쪽 언덕에 닿아 배를 댔다. 네모난 5층 탑으로, 조각한 모양이 매우 기이하다. 돌에는 희미한 붉은 반점이 있고, 부드럽다. 이 지방에서 나는 돌이 아니다.

이 탑의 이모저모를 살핀 프로그램을 텔레비전에서 본 적도 있었다. 마지막에 이 지방에서 나는 돌이 아니라고 씌어져 있는 구절에 암시를 받은 사람들이 탐사를 벌여 인도나 중국에서 나는 돌임을 밝혀냈다고 했다.

이와 함께 나는 남해도의 보리암에서 본 탑을 상기했다. 보리암은 동해안 낙산의 홍련암과 서해 강화도에 딸린 석모도의 보문사와 더불어 우리나라 불교의 3대 기도처로 꼽히는 절이었다. 이성계가 기도하고 왕이 되었다고 산 전체에 비단을 둘렀다는 이야기가 전해지는 곳이기도 했다. 남해섬의 남쪽으로 가서 바다를 뒤로하고 이름난 금산을 올라가 보리암으로 향하는 길은, 온통 바위투성이의 봉우리들과는 달리 완만한 경사를 이루고 있었다. 나는 마침 직장을 떠나 3대 기도처를 돌기로 마음먹고 나서서 첫 기도처에 이른 참이었다. 불교에 깊은 믿음도 없는 내가 특별한 기도를 올리겠다는 돈독한 뜻을 가진 것은 아니었다. 나는 인생에 새로운 길을 찾고자 했었다. 그리하여 3면이 바다로 둘러싸인 나라의 그 바다를 하나로 꿰어 둘러본다는 여행 계획이 세워졌다. 3대 기도처라는 실마리가 먼저 눈에 들어왔기 때문일 터였다.

기도를 드리러 오셨군요.

접수를 받는 보살이 나를 맞아들였다.

아, 예……

나는 어물어물 대답했다. 그러자 정말 기도를 드리러 왔는지도 모른다는 생각이 들었다. 어둠이 짙어진 뒤였다. 남자 신도들이 자는 방 한구석에 겨우 담요를 얻어 들어간 나는 눈을 붙이기에 바빴다. 전국 여러 곳에서 온 사람들이 밤새도록 방을 드나들며 기도를 하고 있었다. 미리 조사한 바에 따르면 남해인데도 일출이 볼 만하다고 잘 알려져 있었다. 원효가 올라가 공부했다는 바위도 있다고 했다. 동이 트기 전에 다행히 눈을 뜬 나는 부랴부랴 밖으로 나가는 사람들 틈에 끼였다. 벌써 카메라를 동쪽 바다로 세워놓고 기다리는 사람들이 여럿이었다. 나는 바다로 눈을 돌리고 뭉글거리며 움직이는 듯한 물결을 내려다보고 있었다. 봄인데도 새벽 공기가 제법 찼다. 해를 기다린다고는 여겨지지 않았다. 한참을 기다리는 동안 사람들이 실망한 빛을 보이는 기색이 역력했다. 좋은 일출을 보기는 틀린 모양이었다. 일출이든 일몰이든 이제껏 감동적으로 느껴본 적이 없는 것은 왜인지 모를 일이었다. 다른 사람들이 와아 탄성을 지르는 장면에서도 나는 그저 그러려니 했었다.

그날 해는 얕은 구름에 가린 채 떠올라 하늘 위에서야 모습을 드러냈다. 해가 바다 위로 떠오르며 바닷길을 여는 듯 보여야 제격이라는 것이었다. 나는 꾸역꾸역 장비를 챙기는 사람들에게 미안한 생각이 들었다. 나 같은 사람이 있는 한, 해가 소원을 들어줄 리 없었다. 그러고 돌아서는데 바다를 향한 언덕 위에 해를 등진 어떤 형체가 눈을 가리며 다가왔다. 눈을 가리며 다가왔다는 표현은 해를 등졌다는 것만으로는 설명되지 않았다. 하늘 자체의 실루엣이라면 지나친 말일까. 나는 눈을 의심하며 쳐다보았다. 조금씩 형체가 또렷해졌다.

탑이었다.

나는 앞에 놓인 돌계단을 밟고 올라가 탑에 가까이 갔다. 한두 군데 새로 돌을 붙여 수리를 해놓은 곳도 있었다. 그러나 탑은 늘 보아오던 탑과는 다른 모습을 보여주고 있었다. 오랜 세월 바닷바람에 닳아서일까, 불규칙하고 울퉁불퉁한 몸체는 그러나 온화하기 그지없었다. 안내판에 수로왕의 비 허왕후가 가져온 것으로 전해진다는 글이 보였다. 나는 기도하듯이 탑을 바라보다가 돌아섰다.

나중에 파사석탑을 본 나는 그것을 다시 본 듯하여 놀랄 수밖에 없었다.

이 탑이……

나는 숨을 죽였다. 공주가 가져온 탑, 그랬었구나. 나는 무심코 중얼거렸다. 그날 내가 기다린 것은 해가 아니라 탑이었다. 뒤늦은 깨달음이었다. 배가 풍랑을 이겨 항해하자면 무게중심을 잡아야 한다. 요즘도 큰 배를 짓는 조선소에서는 배 밑창에

물을 채워넣는다. 공주의 배는 그것을 탑으로 한 것이었다. 공주가 배를 댔던 망산도 앞에는 그녀가 타고 왔다고 전해지는 바위가 있었다. 그녀가 돌배를 타고 왔다는 전설에 연유된 바위였다. 바위나 돌배란 아예 말이 되지 않으므로 배에 돌탑을 싣고 온 사실을 빗댄 이야기임은 쉽게 알 수 있었다.

그 탑이 남해의 산 위에서도, 김해의 무덤 앞에서도 내게 나타났다. 당연한 사실에 나는 감동했다. 내가 인생에 새로운 계획을 세워 실행했는지 아닌지는 둘째치고, 아유타국의 공주가 가져온 탑이 내게 또 다른 의미를 던졌다고 믿어졌다. 그로부터 또 하나의 파사석탑을 내 마음에도 세워놓게 되었다. 그것을 보리암에서의 기도의 결과라고 한다면 지나친 부회일까.

그럼, 그때 우리나라에 불교가 들어왔다는 말이겠지?

내 말을 들은 그녀는 흥미를 나타냈다.

그렇게 이해해야 되겠지?

나는 그녀의 말에 운을 맞추었다. 재미로만 운을 맞춘 것이라고는 보기 어려웠다. 나대로 확실한 결론을 내리기 어려운 까닭을 숨기고 있는 대답이었다.

불교가 고구려 소수림왕 때 들어왔다고 배운 거 같은데.

글쎄, 나도 그렇게 배운 거 같은데.

그럼 뭐야?

뭐긴 뭐야.

그 무렵 대화는 매번 그 모양이었다. 불교의 전래는 나로서는 건드리기 어려운 문제였다. 허황옥이 올 때 돌탑을 가져왔다는 내용은 불교도 들여온 것으로 받아들여야 했다. 함께 온 사람 가운데 오빠인 보옥이 나중에 장유화상이라는 이름으로 지리산에 들어가 칠불(七佛)을 이루었다는 이야기도 뒷받침이 되었다. 김해의 은하사는 본래 서림사였고, 이 절을 세운 이도 장유화상으로 알려져 있었다. 장유화상의 발자취는 뒷날까지 남겨져서 김해의 장유면과 그곳의 불모산 장유암에도 이르러 있었다. 남방 불교, 가라 불교의 발자취는 여러 곳에 있었다. 녹산의 명월사, 만어산의 부은암도 그랬다.

남쪽을 돌아다녀보면 그곳 절들의 남방적 부드러움에 안온하게 몸과 마음이 안겨든다. 윗녘 절들이 규범적이고 말쑥하다면 아랫녘 절들은 개방적이고 포근하다. 여러 징후로 보아 나는 공주가 남방의 불교를 이 땅에 전래했다고 믿었다. 고등학교 교과서에 씌어 있는 대로 훨씬 뒤 고구려 소수림왕 때인 372년에 순도가 가져왔다는 불교는 북방의 불교라고 믿었다. 그럼에도 불구하고 《삼국유사》의 다음과 같은 글이 내 앞을 가로막았다.

> 수로왕이 왕후를 맞아서 같이 나라를 다스린 것이 150여 년이 된다. 그때까지 아직 절을 세우고 불교를 믿는 일이 없었다. 그러던 것이 제8대 질지왕 때인 452년에 왕후사(王后寺)를 세워 지금에 이르기까지 복을 빌고 있다.

어디까지나 같이 나라를 다스렸다는 부분이 눈길을 끌었다. 왕후의 자리매김이 높았다는 말에 다름 아니었다. 그러나 나머지 기사는 내 뒤통수를 치고도 남았다. 불교가 늦게야 들어왔다는 내용이었다. 나는 수로왕과 허왕후 사이에 태어난 아들들이 삼촌 장유화상을 따라 지리산에 들어가 불법을 닦았다는 이야기를 듣고 있었다. 수로왕과 허왕후는 열 명의 아들과 두 명의 딸을 두었다. 이 가운데 일곱 명이 삼촌인 장유화상을 따라 지리산에 들어가 불도를 닦아 깨달아 칠불이 되고 그곳에 세워진 절이 칠불사였다.

김동리 선생의 소설 〈역마(驛馬)〉의 현장인 화개를 찾아갔다가 오른 칠불사는 고즈넉한 절이었다. 복원해놓은 아자방이 한번 불을 때면 겨울을 날 수 있던 예전 같지 않아 걱정인 것

말고는 오래된 절 분위기를 잘 간직하고 있었다. 상사화가 꽃대를 뽑아올려 꽃을 피우고 있었다. 초의선사가 차나무를 가꾸어 차를 끓이며 《동다송(東茶頌)》이라는 책을 지은 곳으로도 알려져 있는 절이었다. 나는 일곱 왕자의 모습을 그려보았다. 어느 날, 허왕후는 출가한 아들들이 보고 싶어 그곳에 이르렀으나 직접 만나보지는 못하고 못에 어린 그림자를 보는 것으로 만족해야 했다. 그 못 이름이 그림자못(影池)이었다. 보고 싶은 그리움이 오죽했으면 못물에 모습이 비칠까 싶었다.

밀양의 만어산 만어사에 얽힌 이야기도 수로왕 때 불교가 이 땅에 들어왔음을 말해주는 내용이었다.

> 옛적에 하늘에서 알이 바닷가로 떨어져 사람이 되어 나라를 다스렸다. 곧 수로왕이다. 그 무렵 경내에는 옥지라는 못이 있고 그 못에는 독룡이 있었다. 또 만어산에는 악귀인 다섯 나찰녀가 있어서 독룡과 서로 오가며 때로 번개도 치고 비를 뿌려 4년 동안 한 번도 곡식이 여물지 못했다. 왕이 주문을 읽어 막으려 했으나 되지 않아 머리를 조아려 부처를 청해다 불법으로 설교한 다음에야 나찰녀도 계율을 지키게 되어 탈이 없었다. 그래서

동해의 물고기와 용이 마침내 돌로 변하여 산에 그득했다. 돌들에서는 종이나 경쇠 소리가 난다.

수로왕 때 분명히 불교가 들어왔다는 내용이었다. 동해의 물고기와 용이 변한 돌들이 산에 그득하고, 돌들에서 종이나 경쇠 소리가 난다는 것은 만어산에 가본 사람이면 머리를 끄덕일 구절이었다. 산중턱에 자리 잡고 있는 절 아래로 작은 고래 크기만 한 물고기 모양의 돌들이 머리를 쳐들고 그득했다. 그야말로 만어(萬魚)가 맞았다. 스트랜딩(stranding)이라는 영어 낱말은 바다 동물이 갑자기 뭍에 올라와 죽는 현상을 뜻했다. 수많은 고래들이 바닷가에 올라와 죽어가는 사진도 보았었다. 해양학자들조차 원인을 자세히 모른다고 했다. 그러나 만어산의 물고기들은 죽어가는 형상이 아니었다. 그것은 살아 있는 형상이었다. 돌들은 조직이 치밀한 청석 계통이어서 무엇이든 부딪치면 맑은 쇳소리를 냈다. 나를 안내한 절의 스님은 비가 쏟아질 때도 쇳소리가 울린다고 들려주었다.

그냥 쇳소리가 아닌, 경쇠 소리지요.

스님은 경(磬) 자를 손바닥을 펴고 손가락으로 써 보였다. 옥돌을 깎아 만들어 뿔망치 같은 것으로 치면 맑은 소리를 내는 악기의 한 종류라고 했다.

비 오는 날 와서 듣고 싶군요.

기다리지요.

나는 물고기바위에서 들리는 경쇠 소리를 상상했다. 밤에 혼자 누워 듣고 싶었다. 때때로 낯선 소리와 함께 자연을 받아들이려는 마음은 스스로를 새롭게 바라보려는 마음이라는 생각에서였다. 나는 산중턱에 빼곡히 들어박혀 있는 만어 물고기바위를 뒤돌아보며 머나먼 전설의 바닷가를 떠나는 심정이었다.

이렇듯 불교는 수로왕 때인 서기 1세기에 인도에서 동남아시아를 거쳐 전래되었다는 설, 허황옥에 의해 전래되었으나 받아들여지지는 않았다는 설, 5세기경 전래되었다는 설 등이 섞여 있는 셈이었다. 나로서는 수로왕 때 허황옥에 의해 들어와서 남쪽 지방에 널리 퍼졌다고 여전히 믿었다.

평양의 밤은 이미 깊어 있었다. 이러다가는 엉뚱한 곳에서 《삼국유사》를 다 읽는 게 아닌가 하는 걱정마저 들었다. 왜 걱정이라고 여기는지는 알 수 없었다. 호텔 방에서 글을 쓴 적은 있어도 책을 읽은 적은 거의 없었다. 읽었다 하더라도 여행 안내서 정도였다. 눈뜨면 나가기 바빴고, 들어오면 술 마시다가 잠들기 바빴다. 글쓰기는 마감에 쫓겨 죽을 맛으로 붙든 경우였다. 걱정은 《삼국유사》에 매달리다간 다른 볼일을 못 보는 게 아닌가 해서인 성싶었다. 양각도 호텔에서는 기우였다. 아는 사람과 어울릴 기회도, 바깥을 기웃거릴 기회도 주어지지 않았다. 수용소에서 할 일은 차라리 책읽기가 안성맞춤이라고, 나는 스스로를 안심시켰다.

맥주도 마지막 한 병을 남기고 있었다. 엔간히 마셨군. 갇힌 신세였지만, 그렇기 때문에 맥주라도 마실 수 있는 행복은 특별했다. 사내는 푸우우푸우우 소리를 더욱 높이고 잠들어 있었다. 창밖 멀리 온통 검은 하늘에 기이하게 홀로 번쩍이는 붉은 네온사인은 아마도 위대한 지도자나 우리 식 사회주의 아니면 위대한 선군 정치의 구호쯤 되리라. 누군가 선군 정치가 무엇이냐고 안내원에게 묻자 군대를 우선하는 정치라는 대답이었다. 그것을 노골적으로 내세우는 데는 머리가 갸우뚱거려졌다.

진정한 공산주의를 건설하려고 싸운 사람들이 있었다. 인간은 누구에게도 지배되어서는 안 된다고 외친 사람들이 있었다. 인간성이 효율성에 상처를 입어서는 안 된다고 믿은 사람들이 있었다. 모두가 평등하게 잘사는 나라를 이룩하려고 몸

바친 사람들이 있었다. 러시아의 황제와 일본의 황제에 맞선 사람들이 있었다. 이상을 위해 죽어간 사람들이 있었다. 싸움터에서, 감옥에서, 형장에서, 거리에서 피 흘리며 죽어가면서도 신념을 가진 사람들이 있었다. 그들이 꿈꾼 이상사회는 어디에 있는가.

레닌은 모스크바의 크렘린 광장에 미라가 되어 누워 있었다. 커다란 유리관에 덮어씌워진 그는 잠든 시늉을 하고 있는 듯 보였다. 그러나 그것은 산 자의 시늉이 아니라 죽은 자의 시늉이었다. 그가 비밀 열차로 핀란드 역까지 들어오는 장면이 눈에 잡히는 듯했다. 그것은 내가 태어나기 삼십 년 전 일이었다. 러시아의 역 이름들은 떠나가서 도착할 곳을 지칭했다. 서울에서 부산으로 가자면 서울의 부산역으로 가야 했다. 핀란드 역은 상트페테르부르크에 있었다. 그리하여 혁명은 수도원 건물에 혁명위원회가 들어섬으로써 성공했다. 레핀이 그린 그림에서 마지막 황실 회의 장면은 위엄과 화려함의 제복 속에 목을 뺀 황망함의 얼굴 그것이었다. 적군은 백군을 세상 끝까지 뒤쫓고 있었다. 백계 러시아인들은 발랄라이카를 켜며 숲 속 깊이 숨어들었다. 니콜라이 2세 황제와 가족들은 시베리아에서 처형되었다. 우라, 레닌! 우라, 볼셰비키! 만세 소리가 울려 퍼졌다. 혁명의 동지 트로츠키는 멕시코로 도망가서 화가 프리다와 식은 사랑을 나누다 비참하게 생을 마쳤다. 만세, 김일성! 만세, 조선민주주의인민공화국! 남로당 빨치산 박헌영은 김일성과의 어려운 각축을 뒤에 남기고 이강국은 김수임과의 화려한 연애를 뒤에 남기고 처형되었다. 우라! 만세!

술 탓인지 머리가 무지근했다. 잠은 오지 않았다. 줄을 서서 기다려 레닌의 미라를 보고 나온 날은 10월 초인데도 눈발이 분분히 날렸다. 나는 M을 이끌고 가까운 카페로 들어가 홍차에 빵을 주문해 먹었다. 레닌이 자주 들러 글을 쓰고 토론을 하고 사랑을 하던 파리의 길가 카페가 떠올랐다. 평양도 10월 초였다. 나는 평양에서 모스크바의 그날처럼 그녀와 함께 카페에 앉아 있고 싶었다. 김일성도 미라가 되어 누워 있다고 했다.

나는 베개를 괴고 침대에 비스듬히 기댔다. 수로왕의 시대는 구형왕으로 끝났다. 그런데도 신라에서의 역할이 남아 있었다. 그들의 자손이 김유신이었다.《삼국유사》에는 그가 높은 벼슬에 올라 태종 무열왕과 손잡고 삼국 통일에 나서는 과정이 소상하게 그려져 있었다.

김유신의 누이 보희가 오줌을 누어 서라벌을 넘실거리

게 만든 꿈을 꾸었다. 이 말을 들은 동생 문희가 그 꿈을 사겠다고 나선다.

"언니, 꿈을 나한테 팔아. 비단 치마를 줄게."

"그러렴."

문희는 그 꿈을 산다. 어느 날 김유신과 김춘추가 공을 차고 놀다가 김춘추의 옷끈이 떨어졌다. 유신이 보희에게 춘추의 옷끈을 꿰매라고 했으나 사양하는 바람에 문희가 나섰다. 춘추가 유신의 눈치를 알아차리고 문희를 가까이한 다음 자주 드나들었다.

어느새 문희가 아이를 가진 사실을 안 유신은 펄쩍 뛰었다.

"어찌 부모님께 알리지도 않고 그렇게 되었단 말이냐."

그리고 누이를 불태운다는 소문을 퍼뜨린 다음, 선덕여왕이 행차하는 날에 나무를 쌓고 불을 지폈다.

"저게 웬 연기인가?"

왕이 신하들에게 물었다.

"유신 공이 누이를 불태우려고 불을 지폈다 하옵니다."

"누이를 불태우다니?"

"누이가 지아비 없는 아이를 가졌다 하옵니다."

"저런, 누구 짓인고?"

옆에서 왕의 말을 듣고 있던 춘추의 얼굴빛이 크게 변했다. 왕은 알아차리고 명령했다.

"네 짓이로구나. 어서 가서 구하거라."

춘추는 말을 달려 왕명을 전하고 문희를 살려냈다. 머지않아 둘은 혼례를 올렸다.

이로써 김유신은 큰 입지를 다졌다. 선덕여왕과 진덕여왕을 지나 드디어 김춘추가 왕위에 오른 것이었다. 태종 무열왕 김춘추는 김유신의 힘을 얻어 삼국 통일에의 위대한 발걸음을 내딛고 마침내 이루었다. 무열왕의 처남으로서, 이어 문무왕의 외삼촌으로서 김유신은 나중에 흥무대왕의 시호를 얻었을 만큼 높은 지위를 누렸다. 그리고 〈구지가〉의 노랫소리는 수로부인의 이야기에서 보듯 끊이지 않고 이어졌다.

삼국 통일의 영웅 김유신이 태어난 곳은 오늘날의 충청북도 진천이었다. 그가 태어난 집터라고 알려진 곳에 세워진 길상사에는 그의 위패를 모시고, 장우성 화백이 그린 영정이 걸려 있으며, 그 밖에 태를 묻은 태령산, 몸과 마음을 닦았다는 장수굴, 그의 덕을 기리는 송덕 불상 등 여러 유적들이 있다. 왜 그의 고향이 신라의 변두리 땅인 이곳일까. 이야기에는 그의 부모의 사랑이 깃들여 있다.

가라국의 왕족 출신인 아버지 김서현은 가라가 신라에 합병된 뒤 신라의 장군이 되어 신라 왕족 여인 만명과 사랑에 빠졌다. 신라 왕족은 다른 신분의 상대와는 결혼하기 어려웠다. 둘이 사랑한다는 사실을 안 만명의 아버지 숙걸종은 이들 사이를 떼어놓으려고 김서현을 고구려와 전투가 끊일 새 없는 변방의 태수로 보내버렸다. 경주와 진천은 멀고 먼 거리였다. 만명은 마음을 태운 끝에 어느 날 물가에 신발을 벗어놓고 김서현이 있는 곳을 찾아 나선다. 물에 몸을 던진 것으로 꾸민 것이었다. 전해지는 이야기에 따르면 그녀는 아버지의 명령으로 뒤쫓아온 사람들에게 붙들렸으나, 비바람에 번개가 치는 틈을 타서 도망을 쳤다고 한다. 그리하여 두 남녀는 마침내 다시 만나 사랑을 꽃피운다. 그 사랑으로 김유신이 태어나는 것이다.

나는 《삼국유사》를 내려놓고 이불을 끌어당겨 덮었다. 잠이 채 오지 않아도 자야 할 시간이었다. 한밤중 두 시가 가까웠다. 남겨두었던 머리맡 전등마저 끄고 어둠 속에서 눈을 뜨고 나는 멍하니 허공을 응시하고 있었다. 컴퓨터를 켜고 내게 온 이메일을 확인하고 싶었다. 그 순간에도 누군가 내게 교신을 하고 있다는 희망에 그리움이 솟구쳤다. 비록 잘못되었더라도 누군가 내게 말을 걸어온다면 나는 살아 있는 것이었다. 그제야 나는 왜 내가 책에 몰두했는지 알 것 같았다. 막힌 통로 속에서의 몸짓, 그것이 아닐까. 나는 눈을 감았다.

M,

가을이 가면 겨울이 온다. 대동강의 물소리가 들린다. 아니, 환청이다. 내가 왜 여기 와 있지? 물음에 메아리가 돌아온다. 대동강의 대답이다. 나는 귀 기울여 그 소리를 알아듣는다. 무슨 뜻이냐구? 나는 알아듣지만 말로 옮길 수는 없다. 안타까움이 밀려온다. 러시아의 긴긴 겨울밤, 너에게 손을 뻗쳤을 때, 엉뚱하게 콜라를 찾던 너의 목소리처럼 들려온다. 나는 밖으로 나가 어두운 복도 속 깊이 들어앉은 카페에서 콜라를 산다. 건달들, 깡패들이 노려본다. 위험천만이다. 스꼴까 스또이뜨? 얼마냐고 묻고 다짜고짜 백 루블을 들이민다. 러시아 숫자를 헤아리기 어려워 잔돈이 없는 양 넉넉한 지폐를 던진다. 시베리아 변방의 어느 자치 공화국에서 왔다는 양. 그런데, 여긴 평양이야.

M,

얼어가는 네바 강의 물소리가 들린다. 청둥오리가 날아와 어깨 위에 앉는다. 꽁꽁 언 발가락으로 우리 귀를 후빈다. 안타까움은 삶의 본질이다. 깃털이 뽑혀 머리를 덮는다. 청둥오리도, 우리도 피를 흘린다. 그런데, 여긴 평양이야.

무슨 메시지를 허공과 교신하고 있는지 나도 모를 일이었다. 스르르 잠이 밀려올 때 나는 노래의 구절을 읊조렸다.

정의여, 진실이여, 머리를 내미소서.

나는 캄캄한 어둠에 잠긴 대동강의 물소리를 듣고 있었다.

양각도 호텔-둘째 날
—동식물의 시간

나는 밤새도록 거북이니 곰이니 하는 짐승들의 모습에 시달렸다. 꿈속에서였다.《삼국유사》에 나오는 그것들이 비록 현실의 그 짐승들이 아닐지라도 내 머리에는 그렇게 남겨진 모양이었다. 한순간은 거북의 몸에 김수로왕의 얼굴이 붙어 나타나기도 했고, 곰의 몸에 단군의 얼굴이 붙어 나타나기도 했다. 그뿐이 아니었다. 웬 물고기들과 자라들 틈에 말이 울며 나타나기도 했다. 온통 짐승들의 세계에 나 홀로 부대끼고 있었다. 잠에서 깬 것도 닭 울음을 듣고서였다. 꿈속에서 우는 닭인지 바깥 어디서 실제로 우는 닭인지 분간하기 어려웠다.

나는 그것이《삼국유사》를 읽은, 일종의 후유증임을 꿈속에서도 언뜻언뜻 알아차리고 있었다. 이건 꿈이야, 하는 순간이 지나가면 나는 다시 짐승들 사이에서 어디론가 먼 여행을 떠나고 있었다. 짐승들은 내 길라잡이였다. 그러다가 나 자신마저 저 짐승들이 되면 어쩌나 하고 걱정도 되었다.

거북과 곰 말고도 다른 짐승들이 왜 나왔는지 나는 알고 있었다. 말은 신라의 건국 이야기에 나오는 흰 말이 틀림없었다. 《삼국유사》는 그 장면을 다음과 같이 그리고 있다.

> 이 땅에는 본래 여섯 마을이 있었다. 알천 양산촌, 돌산 고허촌, 무산 대수촌, 취산 진지촌, 금산 가리촌, 명활산 고야촌이 그것이다. 어느 해 3월 초하룻날, 이들 여섯 마을의 촌장들이 알천 둑 위에 모여 뜻을 모았다.
>
> "우리들이 임금을 모시지 못해 백성들이 제멋대로이니, 덕이 있는 이를 찾아 나라를 세웁시다."
>
> 그런 뒤 높은 곳에 올라 남쪽을 바라보자 양산 밑 나정(蘿井)이라는 우물 옆에 이상한 기운이 서리고 흰 말 한 마리가 무릎을 꿇고 절하는 시늉을 하고 있었다. 사람들은 그곳으로 가서 큰 알을 발견했다. 말은 울음소리를 길게 뽑으며 하늘로 올라갔다. 그 알을 쪼개니 단정하고 아름다운 사내아이가 나왔다. 놀라서 샘물에 목욕시키

자 몸에서 광채가 나고 새와 뭍짐승들이 춤을 추며 천지가 진동하고 해와 달이 맑고 밝았다.

"이제 임금님이 이 땅에 내려오셨다. 배필을 구해야겠구나."

사람들은 기뻐 말했다.

이날, 사량리의 알영정(閼英井)이라는 우물에 계룡이 나타나서 뛰어나게 고운 계집아이를 옆구리로 낳았다. 그런데 입술이 닭의 부리 같기에 북쪽 냇물에 가서 목욕시킨 결과 부리가 떨어져 나갔다.

사람들은 궁실을 짓고 신성한 두 아이를 모셔 길렀다. 사내아이는 알에서 나왔고, 알은 박처럼 생겼으므로 박혁거세라 불렀으며, 계집아이는 태어난 우물인 알영으로 이름을 지었다. 두 성인의 나이 열세 살에 왕과 왕후가 되어 신라를 세웠다. 이때의 신라 이름은 서라벌 또는 서벌이었다. 기원전 57년이었다.

신라의 흰 말은 울음소리를 길게 뽑으며 하늘로 올라갔다. 꽤 오래전에 경주의 옛 무덤에서 자작나무에 그려진 흰 말 그림이 나와 눈길을 끈 적이 있었다. 이름하여 천마도(天馬圖)였다. 나는 그림 속 말이 건국 이야기 속 흰 말이라고 믿었다. 신라는 박씨 임금이 나라를 세워 그 뒤 제2대 남해왕, 제3대 노례왕으로 이어지다가 제4대 탈해왕에 이르러 석(昔)씨로 바뀌고 제13대 미추왕에 이르러 김(金)씨로 바뀌는 등 특이하게 세 성씨가 나라를 다스린 것으로 알려져 있다. 석씨의 시조와 김씨의 시조를《삼국유사》에서 알아보고 넘어가기로 한다.

> 석씨의 시조인 탈해는 김수로왕의 이야기에서 보았듯이 그와 서로 다투다가 배를 타고 도망쳐서 계림 동쪽에 닿았다. 바닷가에 한 노파가 있다가 말했다.
>
> "무슨 까닭으로 까치들이 몰려서 울꼬?"
>
> 노파가 가까이 가서 보니 배 위에 까치들이 몰려 있고, 궤짝이 한 개 실려 있었다. 그리고 궤짝 속에서 사내아이가 나왔다.
>
> "나는 바다 저쪽에서 왔는데 본래 알에서 태어났다. 나라를 다스리던 아버지가 나를 배에 싣고 인연 있는 곳에 가서 나라를 세우라고 하셨다. 때마침 붉은 용이 보살펴서 여기까지 왔노라."
>
> 말을 마친 사내아이는 지팡이를 끌고 두 종을 데리고 토

함산 위에 올라가 돌무덤을 만들고 이레 동안 머물렀다. 그리고 살 만한 땅을 살펴 호공의 집터를 짚어냈다. 그리고 집 옆에 몰래 숫돌과 숯을 묻어두고 이튿날 찾아갔다.

"이 집은 옛날 우리 할아버지의 집이오."

"무슨 말인가."

서로 옥신각신하다가 관가에까지 갔다.

"무슨 증거가 있느냐?"

"예. 우리 조상은 대장장이였습니다. 얼마간 집을 비운 사이에 다른 사람이 빼앗아 살고 있는 것입니다. 땅을 파서 사실을 밝혀주십시오."

땅을 파보니 말 그대로여서 집을 차지해 살았다. 남해왕은 탈해가 지혜 있는 사람인 줄 알고 맏딸로써 아내를 삼게 했다. 그가 옛날(昔) 우리 집이라 했다고 해서 성씨를 그렇게 지었다. 혹은 까치가 울어 궤짝을 열어서 까치 작(鵲)에서 새 조(鳥)를 뗀 채 석씨로 했다고도 하며, 궤짝을 열고(解) 알을 벗고(脫) 나왔으므로 탈해라고 이름붙였다고도 한다.

탈해왕 때 호공이 월성 서쪽에 갔다가 숲 속에서 환하게 빛

나는 밝은 빛을 보았다. 그리고 보랏빛 구름이 하늘에서 땅에 드리우고 구름 속에 황금 궤짝이 나뭇가지에 걸려 빛을 내뿜고 흰 닭이 나무 아래 울고 있었다. 호공은 이 사연을 왕에게 알렸다. 왕이 숲으로 가서 궤짝을 열어보니 사내아이가 누워 있다가 일어났다. 알지(閼智)라고 이름지으니, 어린아이라는 뜻이었다. 그를 안고 대궐로 돌아오는데, 새와 짐승들이 뒤따르며 기뻐서 너울너울 춤을 추었다. 알지가 황금 궤짝에서 나왔으므로 성씨를 김(金)씨로 지었다. 알지의 6대손인 미추가 김씨의 첫 임금이 된다.

여기서도 까치와 흰 닭 등 동물이 등장하고 있었다. 그리고 물고기와 자라는 고구려의 시조 주몽이 고구려를 세우려고 부여에서 도망칠 때 다리를 만들어 그로 하여금 물을 건너게 해준 동물들이었다.《삼국유사》를 살펴본다.

> 고구려의 시조인 동명왕은 성이 고(高)씨, 이름은 주몽(朱蒙)이다. 그의 고향인 북부여에서 해부루 임금이 세상을 떠나고 그 뒤를 금와(金蛙)가 이었다. 어느 날 금와가 강가에서 한 여자를 만났는데, 그녀의 하소연이 자못 심상치 않았다.

"저는 강물의 신인 하백의 딸로서 유화(柳花)라고 부릅니다. 한번은 강가에서 놀다가 자기가 하늘 임금의 아들이라고 자칭하며 이름은 해모수라고 하는 사내를 만나 어울렸습니다. 그런데 그가 어디로 가서 돌아오지 않습니다. 부모님은 내가 허락도 없이 남자를 대했다고 여기로 쫓아보냈습니다."

금와는 이상하게 여겨 여자를 데려다 방 속에 가두었다. 그러자 햇빛이 그녀를 비추었다. 피하려 해도 소용없었다. 그러더니 몸에 태기가 있어 커다란 알 하나를 낳았다. 이것을 개와 돼지에게 던졌으나 먹지 않을뿐더러 길바닥에 버리니 소와 말이 피해갔다. 깨뜨리려고 해도 안 깨지므로 하는 수 없이 여자에게 돌려주었다. 여자는 알을 따뜻하게 감싸서 놓아두었다. 이윽고 알 껍데기를 깨고 남자아이가 나왔는데, 골격과 외모가 남달랐다. 아이는 겨우 일곱 살에 유별나게 숙성하여 스스로 활과 화살을 만들어 백 번 쏘아 백 번을 다 맞혔다. 이 나라에서 활 잘 쏘는 사람을 주몽이라고 부르는 데 따라 이름을 그렇게 지었다.

금와에게는 아들이 일곱이나 있었어도 아무도 주몽의

재주를 따를 수 없었다. 맏아들이 아버지에게 은근히 아뢰었다.

"주몽은 사람이 낳지 않았으니 빨리 처치하지 않으면 후환이 있을 것입니다."

그래도 금와는 듣지 않고 주몽에게 말을 먹이는 일을 시켰다. 주몽은 뜻이 있어서 날쌘 말에게 먹이를 덜 주어 여위게 만들고 굼뜬 말에게 먹이를 많이 주어 살찌게 만들었다. 금와는 살찐 말을 자기가 타고 여윈 말을 주몽에게 주었다. 주몽은 여윈 말을 튼튼하게 만드는 데 힘을 기울였다.

유화는 여러 왕자들과 신하들이 머지않아 아들 주몽을 해치워버리려는 것을 알고 있었다. 그래서 주몽에게 일렀다.

"이 나라 사람들이 너를 해치려 한다. 빨리 여기를 떠나는 게 좋겠다."

주몽은 급히 떠날 채비를 한 뒤 날쌘 말을 타고 집을 나섰다. 한참 달려 물가에 이르렀을 때, 어느새 이 눈치를 챈 무리들이 뒤를 바짝 쫓아왔다. 큰일이었다. 주몽이 물에다 소리쳤다.

"나는 하늘 임금의 아들이며 하백의 손자이다. 오늘 도망가는 마당에 뒤쫓는 무리들이 있으니, 이 일을 어찌하면 좋단 말이냐?"

그러자 물에서 물고기와 자라들이 나와 다리를 만들었다. 주몽이 그 다리를 건넌 뒤 물고기들과 자라들은 곧 흩어졌다. 뒤쫓던 무리들은 더 이상 어쩌지 못하고 발만 굴렀다.

주몽은 졸본 땅에 이르러 고구려를 세우고 나라 이름을 따라 성씨를 고씨로 정했다. 기원전 37년이었다. 주몽을 이어 아들 유리왕이 왕위에 올랐는데, 이를 《삼국사기》를 통해 좀 더 알아보아야 한다.

유리는 주몽이 북부여를 도망친 뒤에 태어났다.

"내 아버지는 누구입니까?"

유리가 어머니에게 물었다.

"네 아버지는 하늘 임금의 아들이시다. 일곱 모가 난 돌 위의 소나무 기둥 아래 묻어놓은 칼 도막을 찾아 아버지에게 가거라."

유리는 마침내 그것을 찾아 주몽에게로 가서 다른 한 도막과 맞추어보았다. 그리고 아버지와 아들임을 확인했다. 유리는 태자로 책봉되었고, 나중에 임금이 되었다.

유리왕은 왕비가 죽자 화희와 치희 두 여인을 다시 맞았는데, 이들은 늘 서로 다투던 끝에 왕이 사냥으로 궁궐을 비운 틈에 화희가 치희를 모욕하여 쫓아버렸다. 왕이 사냥에서 돌아와 이 말을 듣고 곧 말을 달려 뒤를 쫓았으나 이미 간 곳을 알지 못하였다. 왕은 탄식하며 나무 밑에서 쉬다가 짝을 지어 날아가는 꾀꼬리를 보고 노래를 지었다.

훨훨 나는 꾀꼬리는(翩翩黃鳥)
암수 서로 노니는데(雌雄相依)
외로워라 이 내 몸은(念我之獨)
누구와 돌아가랴(誰其與歸).

〈황조가(黃鳥歌)〉라고 하는 이 노래는 우리 역사에 나오는 첫 노래로 기록되어 있다. 이 노래의 주인공인 유리 때문에 백제의 건국은 비롯된다. 《삼국유사》에서 백제의 건국 이야기를 살펴본다.

주몽이 고구려에서 얻은 아들 가운데 비류(沸流)와 온조(溫祖)가 있었다. 그런데 주몽이 북부여에 있을 때의 부인으로부터 얻은 아들인 유리가 고구려로 왔기에 이들은 새로운 나라를 세우려고 남쪽으로 내려왔다. 이들은 산 위에 올라 바라보았다.

"저 남쪽 땅은 북쪽으로 한강을 두르고 동쪽으로는 높은 산을 기대고 남쪽으로는 기름진 땅을 바라보고 서쪽으로는 큰 바다가 막혀 지키기에도 좋고 살기에도 좋겠습니다."

신하들은 형인 비류에게 말했다. 그러나 비류는 듣지 않고 백성들을 나누어 바닷가 쪽으로 가고 말았다. 온조는 강 남쪽 위례성에 도읍을 정하고 나라를 세웠다. 바닷가로 간 비류는 그곳 땅이 습하고 물이 짜서 편히 살 수 없었다. 그런데 온조가 백성들과 함께 편안하게 살고 있는 것을 보고는 부끄럽고 후회스러워 죽고 말았으며, 신하들과 백성들은 온조에게 다시 돌아왔다. 온조가 나라를 세운 것은 기원전 18년이었다.

거듭 말해서, 나라를 세운 차례대로 살펴보았듯이 신라와 고구려의 시조는 알에서 태어났다. 주몽의 아들인 온조는 알에서 직접 태어나지는 않았으나 알에서 태어난 아버지를 가지고 있었다. 학자들은 이를 알에서 태어나는(卵生) 설화라고 하고 이에 대응하여 단군처럼 하늘과 연관짓는 것을 하늘 자손이 내려오는(天孫降臨) 설화라고 말하고 있었다. 〈구지가〉의 김수로왕 설화는 하늘에서 알이 내려오므로 이 둘이 합쳐진 것이었다. 웬 알일까. 알은 완전한 것을 뜻한다고 했다. 해를 상징한다고도 했다. 하지만 따져보면 오늘날의 우리 모두에 이르기까지 여자의 알인 난자에서 비롯되지 않은 사람이 어디 있겠는가고, 나는 문제를 손쉽게 풀고 있었다.

그리고 한 단계 걸러서인지 몰라도 백제의 건국에는 어떤 동물도 모습을 보이지 않는다. 당연히 신비한 구석이라곤 없다. 고구려에서 갈려 나온 하위 개념의 나라로 읽힐 뿐이었다.

거북, 곰, 물고기, 자라, 말, 닭 같은 짐승들이 우줄거리는 가운데 도무지 알 수 없는 이상한 짐승은 계룡(鷄龍)이었다. 글자 그대로 닭의 용이라면 닭처럼 생겼을까, 용처럼 생겼을까. 화투장의 똥광에 나오는 닭이 떠오르기도 했다. 알 길이 없었다. 닭을 닮은 용이 옆구리에서 여자아이를 낳는 장면은 상상만 해도 기괴하기 짝이 없었다. 그러면서 나는 지난 저녁 무대에서 노래한 조영남이 화가로서 그린 화투장과 김점선 화가가 그린 화투장 속의 닭을 떠올렸다. 나는 꿈속에서도 헷갈린 채 시달리다가 아침을 맞았다.

상쾌한 가을 아침이었다. 둘째 날 일정은 오전에 평양 시내를 돌아보고 오후에는 남북 농구 대회를 열어 모두 관람하기로 되어 있었다. 평양 시내는 어제 왔다 갔다 하는 동안 이미 이렇구나 하고 보았던 참이었다. 어차피 샅샅이 못 볼 바에야 그 첫인상이 중요하다고 나는 판단했다. 유명한 개선문도 스쳐 지났고, 인민 학습당이며 노동당 청사며 통일거리의 백화점에서 남새 상점까지 차창 밖으로 보았다. 남쪽에서 남새라는 말이 안 쓰인 지 얼마나 됐더라. 나는 텃밭이라는 낱말보다 남새밭이라는 낱말이 더 좋았다. 남새 상점에 들어가 북쪽 남새밭 냄새를 맡고 싶었다. 그래야만 사람 냄새를 맡을 수 있을 것 같았다. 거리에 사람들이 거의 없는 것도 평양의 특징이었다. 사람들이 가로막는 통에 제대로 걷기조차 힘든 서울 거리와는 너무나 대조적이었다. 어쨌든 상쾌한 가을 날씨임에는 틀림없었으나, 나는 몸이 여간 찌뿌드드하지 않았다. 간밤의 술 탓이 컸다. 아니, 꿈속을 어지럽힌 짐승들 탓인지도 몰랐다.

같이 안 내려갈라우?

샤워를 끝낸 사내가 수건을 목에 건 채 창문을 활짝 열고 바깥을 내다보며 말했다. 식사시간이 시작되어 있었다.

예, 전 좀 있다가…… 속이 영 불편해서요.

그가 알았다면서 방을 나간 뒤에도 나는 창가를 서성거렸다. 아침 이내가 낀 대동강에는 준설선인 듯싶은 배가 움직임 없이 떠 있었다. 그리고 강 건너 회색의 도시가 무겁게 가로놓여 있었다. 저곳이 과연 낙원이 될 수 있을까. 나는 마음이 먹먹해졌다. 러시아에서도 나는 그랬었다. 우리나라에 초가집이 즐비하던 때 지은 그곳 아파트들은 가스로 난방하고 취사하는 근대식이었다. 초가집 아궁이에 엎드려 매운 연기를 마시며 불을 지피던 시절, 등피(燈皮)를 닦아 등불을 밝히던 시절, 그곳 아파트들은 낙원이었을 것이다. 그러나 내가 가서 본 것은 낡고 낡은, 추락한 낙원이었다. 어디서부터 손대야 할지 모를 도시는 유령의 도시였다. 공산주의의 정신은 영원히 살아 있을 마음인데 왜 그 육체는 남루하게 남아 있는가.

뒤늦게 식당에 내려간 나는 어제 저녁과 다름없이 차린 뷔페에서 된장국에 밥을 말아 먹는 둥 마는 둥 하고 차에 올랐다. 울렁거리는 속은 쉽사리 가라앉지 않았다. 하루 종일 침대에 누워 뒹굴거리고만 싶었다.

보통강 구역입니다.

얼마 뒤 스피커에서 여자 안내원의 목소리가 흘러나왔다. 왼쪽으로 강물이 흐르고 있었다. 처음부터 배정된 안내원은 개성을 지날 때도, 예성강을 지날 때도, 사리원을 지날 때도, 하물며 평양에 들어설 때도 설명이라곤 할 줄 모르는 안내원이었다. 그저 예쁘장한 얼굴로 상냥하게 웃는 걸 일인 줄 알고 있는 모양이었다. 특별히 입을 열지 말라고 지시를 받았다는 느낌이었다. 그나마 저게 개성의 송악산이라거나 사리원 평야라거나 하고 안내를 하는 것은 차마다 두세 명씩 올라탄 남자 안내원들이었다. 그들은 남쪽 사정에 대해서도 비교적 소상히 알고 있었다. 보통강은 대동강의 샛강이라고 했다.

버드나무가 많군요.

나는 바로 뒷좌석에 앉은 안내원에게 말했다.

버드나무가 멋있지요. 평양은 버드나무가 많다고 해서 류경(柳京)입니다.

버드나무 휘늘어진 가지들 사이로 나는 강물을 내려다보았다. 정주영 회장이 지어 기증한 체육관 이름은 그래서 류경 정주영 체육관이었다. 나는 그 체육관의 개관을 기념하는 행사에 우연히 끼어들게 되어 보통강의 버드나무들을 보고 있었다. 버드나무와 함께 구약성경 시편의 한 구절이 가물가물 살아나기도 했다.

> 우리는 바빌론 강변에 앉아서 시온을 기억하며 울었다. 우리가 수금(竪琴)을 버드나무 가지에 걸었으니, 우리를 사로잡은 자들이 우리에게 노래를 청하고 우리를 괴롭히는 자들이 즐거운 노래를 요구하며 시온의 노래 중 하나를 불러라 하고 말하였음이라. 우리가 외국 땅에서 어떻게 여호와의 노래를 부를 수 있겠는가. 예루살렘아, 내가 너를 잊는다면 내 오른손이 수금 타는 법도 잊어버리기를 원하노라.

유대의 백성들이 바빌로니아에 잡혀가서 고향을 그리는 시였다. 수금을 버드나무에 걸었다는 뜻은 연주할 수 없다는 뜻이었다. 엉뚱하게 시편이 떠오른 까닭을 알 수 없었다. 어쩌면 김일성의 집안이 돈독한 신앙을 가진 기독교인임을 연상한 결과가 꼬리를 문 때문일 수도 있었다. 몇 년 전에 기독교 계통의 삼육대학교에 가서 김일성이 그 학교 출신임을 알았고, 골수 기독교인임을 들었던 것이다. 그렇다 치더라도 유대 백성이 잡혀간 역사가 북쪽 역사와 어떻게 관련이 되는지 터무니 없는 연상이어서, 나는 머리를 저었다.

나도 모르게 버들꽃에 대한 어떤 상념과 함께 한 여자의 이름이 다가온 것은 그다음 일이었다. 버들꽃, 곧 유화(柳花)라는 이름을 가진 여자가 있었다. 바로 주몽의 어머니였다. 알다시피, 하늘 임금의 아들이라는 해모수를 만나 알을 낳았고, 그 속에서 주몽을 얻은 여자였다. 그러나 버들꽃이란 어떤 꽃일까.

그 버들꽃은 꽃이 아냐.

내게 말해준 것은 친구 K였다. 그럭저럭 알고 지내던 그와 내가 부쩍 자주 만나게 된 것은 마침 우리 야생화에 대한 관심이 높아지면서였다. 우리는 꽃을 찾아 카메라를 메고 산과 들과 섬으로 모임을 따라다녔다. 야생화의 아버지라 할 김태정 박사를 찾아간 것도 그와 함께였다.

꽃이 아니라니?

나는 무슨 뜻인지 어려웠다. 내가 어리둥절해하는 걸 본 그는 설명해주었다. 실제 버드나무의 꽃은 너무 자잘해서 거의 눈에 띄지 않을뿐더러 씨앗이라는 게 눈가루처럼 날려 눈병을 옮기는 원흉이라는 것이었다. 버드나무 중에 봄에 꽃집에 나오는 버들개지의 은빛 꽃이라는 것도 실은 꽃대 같은 것에 불과하다는 설명이었다. 나는 그의 말을 듣고 선뜻 내 노트에 적어놓았다. '박물학(博物學)을 위하여'라고 겉장에 써놓은 그 노트에 처음 적는 지식이었다. 수긍했다는 뜻이었다. 봄에 분분하게 눈발처럼 날려 눈앞을 어지럽히는 버드나무 씨앗 때문에 손사래를 친 적도 있었다. 어디선가는 아예 잘라버린다고도 들었다. 그의 이론은 나를 더 이끌어갔다. 그렇기 때문에 주몽의 어머니 유화는 여자 이름으로서 적절치 않은 만큼 한마디로 다른 뜻이 분명하다는 것이었다.

다른 뜻이라면?

언제 그가 이렇게 공부하고 있었는지 나는 내심 켕겼다. 나는 겨우 책 속의 꽃과 실제의 꽃을 맞춰보기에도 급급한 판국에 그는 어느새 꽃의 문화를 들여다보고 있지 않은가. 나는 한마디로 졌다, 졌어, 하며 내 빈약한 노트를 펼치는 수밖에 없었다. 그에 의하면, 우리 옛말에 버들은 버슬이며 꽃은 곳이다. 그는 사전을 뒤져보라고 권했다.

버들꽃은 버슬 곳이니, 말하자면 벗을 곳이지. 이래도 모르겠어?

그의 해석에서는 제법 에헴 소리가 났다. 내가 아무 말도 못하고 있는 걸 본 그는 다시 친절하게 설명해주었다. 유화가 해모수를 만났다는 것은 거꾸로 해모수가 여자와 함께 옷 벗을 곳을 마련했다는 뜻에 지나지 않다고. 나는 어리둥절한 채 그의 해석을 받아들였다. 내 노트에 적어넣은 것은 물론이었다.

보통강 가에 흐느적거리고 있는 버드나무는 여러 생각을 불러일으켰다. 휘늘어진 버드나무 가지를 보고 여자의 가느다란 허리를 연상하는 사람들도 있었다. 하지만 나는 주몽이 세운 고구려가 나중에 평양 땅으로 도읍을 옮겨 다시 고려로 이어진다는 사실과, 그 도읍의 강가를 가고 있다는 사실 사이에서 버들꽃과 벗을 곳을 함께 보고 있다는 착각에 빠져 잠시 황홀했다.

꽃 이야기가 나왔으니 말이지 나는 북쪽에서 특별히 식물들을 살피고 싶었다. 하지만 도라산역을 뒤로하고 떠나오면 올수록 머리를 가로저었다. 북쪽도 가로수의 주종은 은행나무였고, 길가를 꾸미는 나무는 회양목이나 카이스카 향나무 정도였다. 꽃들도 코스모스에 금잔화로 그만이라니, 마지못해 심어놓은 꼴이 역력했다. 국제적인 호텔 로비에 꽃 한 송이 장식되어 있지 않았다. 화분 하나 놓여 있지 않았다. 옌볜의 조선족 마을에서 본 할련은 온통 담을 다 덮고 피어 때늦은 능소화인가 하고 눈여겨보지 않았던가.

나는 그제야 고구려의 나무를 머리에 떠올렸다.

지난해 어느 날, 코엑스 센터에서 열린 '특별 기획전 고구려!' 전시회에 가서 나는 놀랐었다. 하기야 그 여러 고분 벽화들은 예전에도 보았던 것들이었다.

무덤 속에서 청룡은 동쪽, 백호는 서쪽, 현무는 북쪽, 주작은 남쪽에 그려집니다.

해설하는 사람을 따라다니며 새삼스럽게 배우기도 했다. 예전에 보았던 벽화들에 대한 설명도 다시 듣고, 써붙여놓은 설명문도 읽었다. 그런데 우리가 무용총(舞踊塚)이라고 부르던 것을 춤무덤이라고 하고, 각저총(角抵塚)이라고 부르던 것을 씨름무덤이라고 하고 있어서 새로운 느낌이었다. 나는 오래전부터 그렇게 해야 한다고 생각해왔던 터였다. 도대체 각저는 뭐며 총은 뭐란 말인가. 고적들 앞에 세워놓은 안내판을 보며 여태껏 한숨을 쉬던 내 몰골이 어느덧 개운해졌다.

그러나 내가 놀란 것은 결코 그 때문이 아니었다. 벽화 가운데 내가 전혀 못 보았던 게 있었다. 아니, 그 벽화 자체는 중등학교의 역사책에서부터 내내 보아왔던 것이었다. 그런데 그게 새롭게 보였다. 정확하게 말하면, 벽화의 한 부분이 크게 확대되어 내 눈에 들어왔다고 해야 한다.

그것이 벽화의 한쪽 구석에 조그맣게 보일 듯 말 듯 있었다면 내가 굳이 놀라지 않아도 좋았다. 그런데 그것은 벽화 안에 가장 당당하게 자리 잡고 있었다. 어떻게 보면 벽화의 회화적 구성이나 내용적 설명을 곤란하게 할 정도였다.

거대하고 특이하게 생긴 나무가 아닌가. 이런 게 있었던가.

나는 감탄하며 놀랐다. 춤무덤에는 고구려 무사들이 말을 타고 활로 호랑이와 사슴을 사냥하는 유명한 벽화가 있다. 그런데 그 오른쪽에 산보다 더 큰 나무가 그려져 있다. 씨름무덤에는 웃통을 벗은 두 남자가 서로 어울려 씨름을 하는, 역시 유명한 벽화가 있다. 그런데 그 왼쪽에 집채보다 더 큰 나무가 그려져 있다. 그리고 장천1호 무덤에도 역시 거대한 나무와 그 밖에 작은 나무들이 여러 그루 그려져 있다. 하늘을 향해 힘차게 가지를 뻗은 이 나무들은 누가 보아도 한 종류의 나무가 틀림없다.

이들이 내 눈에 처음 들어온 것이었다. 현장에서 벽화를 자세히 설명해주는 여성도 나무에 대해서는 아무 말도 하지 않았다. 고구려 사람들의 일상생활이 어떻고 민속이 어떻고 할 뿐이었다. 그러고 보니 예전 어느 책에도 이 나무들을 얘기하는 구절은 없었다고 기억되었다. 이상한 일이었다. 벽화에 가장 큰 비중으로 그려져 있으면서도 아무 대접도 받지 못하는 나무들. 옛사람이 그려 넣을 게 없어서 그냥 그려 넣었을 리는 없었다. 그러기에는 무엇보다 너무 컸다.

아무리 보아도 실제의 나무라고 보기에는 어딘지 의심이 갔다. 줄기도, 가지도, 잎도 심상치 않았다. 굵은 줄기와, 거기에서 쭉쭉 뻗어나와 하늘로 향한 가지들과, 그 끝에 핀 잎과 꽃은 기괴하기도 했다. 마치 식물계통도나 되듯이, 마치 모든 식물의 상징이나 되듯이. 아프리카의 바오밥나무까지 연상하던 내 머리에 그 순간 무엇인가 스쳐갔다.

그것이야말로 생명나무, 우주나무가 맞았다. 산보다도, 집보다도 크고, 모든 인물 풍속을 주관하는 듯 우뚝 솟은 나무의 모습은 예사롭지 않았다. 그것은 유난히 강조된 모습이었다. 춤무덤의 그 벽화를 흔히 수렵도(狩獵圖)라고 했다. 물론 고구려 무사들이 사냥하는 씩씩하고 용맹스러운 모습은 날렵하고 호쾌하다. 그러나 이를 굽어보고 있는 나무야말로 이 벽화의 주인일 수밖에 없었다. 그러니까 이 그림의 주제는 그냥 사냥이 아니라 생명나무 아래에서의 사냥이 되지 않으면 안 된다.

생명나무 혹은 우주나무. 나는 오래전부터 이 나무의 존재에 깊은 미더움을 느끼고 있었다. 그것은 옛사람들의 신앙의 중심에 있는, 사상의 중심에 있는 나무였다. 땅에 사는 우리들 사람의 기도를 하늘로 전해주고, 하늘의 뜻을 땅에 전해주는 신성한 나무였다. 땅과 하늘, 사람과 하늘을 이어주는 영매였다. 옛날에 죄를 지은 사람이 도망쳐 그 나무 아래 숨으면 잡지 못했다는 솟대도 그것이었다. 그 나무의 뜻을 알고부터 나는 모든 나무를 선불리 볼 수 없었다. 하물며 모든 나무가 그런 뜻을 지녔다고까지 여겨졌다.

하지만 그 생명나무, 우주나무는 어디까지나 뜻으로서의 나무였다. 나는 실제로 그런 나무를 볼 수 없어서 안타까웠다. 시베리아의 자작나무나 대관령의 물푸레나무를 모르는 바는 아니었다. 몽골의 서낭당 돌무더기 위에 꽂혀 있는 나무를 모르는 바는 아니었다. 그러나 그 나무들도 실은 뜻에 지나지 않았다. 그런데 나는 이토록 삶의 한가운데에 우뚝 선 위용당당한 나무 그 자체를 보는 것은 처음이었다. 이 나무가 실제로 없는 나무를 그린 것일지는 몰라도 그 순간 내게는 어떤 나무보다도 실제적으로 다가왔다. 분명 뜻으로서의 나무인데, 살아 있는 나무였다. 그것을 고구려 사람들이 이제야 내게 똑똑히 가르쳐주었다.

게다가 그것은 솟대였다. 씨름무덤의 벽화에는 나뭇가지에 앉아 경기를 주시하듯 목을 길게 뽑은 새라고 설명되어 있는 새 세 마리가 그려져 있었다. 이 세 마리 새란 흔히 솟대 위에 앉아 있는 새가 틀림없었다.

아아, 나는 깊이 탄식했다. 까막눈으로 이 그림을 건성 보아왔던 나는 이제야 살아 있는 신성함을 눈으로 확인한 것이었다. 나무 아래 씨름하는 사람들이 달리 보였다. 고구려 사람들이 달리 보였다. 내가 달리 보였다.

나는 비디오를 보여주는 방의 의자에 주저앉아 한동안 고개를 숙이고 있었다. 남들이 보면 피곤해서 그런 거라고 보였을 것이다. 그러나 나는 떨리는 가슴을 주체하기 어려웠을 뿐이었다. 나는 비로소 생명나무, 우주나무의 실체를 본 것이었다.

하지만 그 나무를 현실의 평양 거리에서 본다는 것이 불가능하다는 사실을 내가 모를 리는 없었다. 그것은 고구려 사람들이 무덤 속에 그려놓은 이상(理想)이었다.

그런 어느 순간이었다. 문득 평양의 곳곳에서 신기한 꽃이 눈에 들어오기 시작했다. 아파트 외벽에도, 인민 학습당과 정주영 체육관 안 벽에도 그 꽃은 크고 붉고 싱싱하게 그려져 있었다. 단순한 장식이 아니었다. 그 뜻이 특별히 강조되어 있었다. 무슨 꽃을 저렇게…… 하고 쳐다보다가 짚이는 게 있었다.

저 꽃이 김일성화 맞지요?

나는 남자 안내원에게 물었다.

예.

간단한 대답이었다. 그런 꽃이 있다는 신문 기사를 읽은 기억이 났다. 김일성이 그 꽃을 좋아하여 지시를 내려 이름붙인 꽃이었다던가 그랬었다. 저게 그 꽃이구나…… 김일성화는 큰 꽃잎이 모란꽃을 닮았는데 그보다 작은 꽃잎의 김정일화는 감을 잡기 어려웠다. 나는 벽에 탐스럽게 그려진 꽃들을 보며 저 꽃이야말로 향기가 없군 하고 혼잣말을 하는 수밖에 없었다.

모란꽃에는 향기가 없다는 말이 있다. 이를 곧이곧대로 믿는 사람도 있다. 터무니없는 말이다. 모란꽃은 그 어느 꽃보다 향기가 짙다. 봄에 그 향기를 맡으면 어지럽기까지 하다. 그럼에도 불구하고 향기가 없다는 말은 어디서 나왔을까. 《삼국유사》의 선덕여왕에 대한 기록 때문이다.

> 신라에는 선덕, 진덕, 진성의 세 여왕이 있었다. 그 첫번째 선덕여왕 때 중국 당나라 태종이 붉은빛, 자줏빛, 흰빛의 세 가지 모란꽃 그림과 씨앗을 보냈다. 여왕은 그림을 감상하고 나서 말했다.

"이 꽃에는 향기가 없구나."

신하들은 영문을 알 수 없었다. 보내온 씨앗을 심어 꽃이 피기를 기다린 결과 아닌 게 아니라 그 꽃들에서는 향기가 나지 않았다.

"그것을 어찌 아셨사옵니까?"

신하들이 물었다.

"그림에 보니 나비가 없지 않느냐. 향기가 없다는 뜻이지. 이것은 또한 내가 지아비 없이 혼자 살며 나라를 다스린다고 조롱하는 뜻이기도 하거늘."

여왕의 말에 신하들은 감탄해 마지않았다.

이야기는 간단하게 끝나고 있다. 그림 속의 모란꽃에 나비를 그리지 않은 것일 뿐이었다. 그러나 씨앗을 심었는데도 피어난 꽃에 향기가 없었다는 대목은 믿을 수 없었다. 특별히 중국에 향기 없는 모란꽃이 있어 그 씨앗을 구해서 보냈는지도 모르지만, 그럴 리는 없었다. 아무튼 이 장면은 지금 우리가 보는 일반적인 모란꽃이 아닌, 당태종이 그려 보낸 그림 속의 모란꽃에만 해당되는 내용이었다.

선덕여왕에 관련하여 《삼국유사》는 또 한 가지 재미있는 이야기를 붙여놓고 있다. 어느 해 겨울에 옥문지라는 곳에서 개구리들이 운다는 보고를 받은 여왕이 군사를 여근곡이라는 곳에 보내, 몰래 쳐들어온 백제군을 섬멸했다는 것이다.

어떻게 아셨나이까?

다시 신하들이 물었다.

개구리는 성난 군사들의 모습이요, 옥문지는 곧 여자의 생식기를 말함인데 서쪽에 그런 지명인 여근곡이 있지 않느냐. 남자의 그것이 여자의 거기에 들어오면 필시 죽고 마는 법이야.

그 말에 신하들은 혀를 내둘렀다는 이야기였다.

그런데 왜 《삼국유사》에는 여왕을 지극히 사모한 지귀(志鬼)라는 사내에 대한 이야기가 씌어 있지 않을까. 《대동운부군옥(大同韻府群玉)》이라는 책에 씌어 있다는 이야기를 나는 시를 공부하며 읽었었다.

> 지귀가 하루는 서라벌에 나왔다가 지나가는 선덕여왕을 보았다. 그런데 여왕이 어찌나 아름다웠던지 그는 단번에 사모하게 되었다. 여왕은 진평왕의 맏딸로, 그 성품이 인자하고 지혜로울 뿐만 아니라 용모가 아름다워서

모든 백성들로부터 칭송과 찬사를 받았다. 여왕이 한번 행차하면 모든 사람들이 거리를 온통 메웠다. 지귀도 그러한 사람들 틈에서 여왕을 한 번 본 뒤, 잠도 자지 않고 밥도 먹지 않으며 정신이 나간 사람처럼 사모의 정을 호소하다가, 그만 미쳐버리고 말았다.

"아름다운 여왕이여, 사랑하는 여왕이여!"

지귀는 거리로 뛰어다니며 외쳐댔다. 이를 본 관리들은 지귀가 지껄이는 소리를 여왕이 들을까봐 걱정이었다. 그래서 관리들은 지귀를 붙잡아다가 매질을 하며 야단을 쳤지만 아무 소용이 없었다.

어느 날 여왕이 행차를 하게 되었다. 그때 지귀가 여왕을 부르면서 나오다가 사람들에게 붙들렸다. 이를 본 여왕이 뒤에 있는 관리에게 물었다.

"대체 무슨 일이냐?"

"미친 사람이 여왕님 앞으로 뛰어나오다가 다른 사람들에게 붙들려서 그럽니다."

"나한테 온다는데 왜 붙잡았느냐?"

"아뢰옵기 황송합니다만, 저 사람은 지귀라고 하는 미친 사람인데, 여왕님을 사모하고 있다고 합니다."

관리는 큰 죄나 지은 사람처럼 머리를 조아렸다.

"고마운 일이로구나!"

여왕은 혼잣말처럼 말하고는, 지귀가 자기를 따라오도록 관리에게 말한 다음, 절을 향하여 발걸음을 떼어놓았다. 여왕의 명령을 전해 들은 사람들은 모두 깜짝 놀랐다. 지귀는 너무도 기뻐서 춤을 덩실덩실 추며 여왕의 행렬을 뒤따랐다. 여왕은 절에 이르러 부처에게 기도를 올리었다. 그러는 동안 지귀는 절 앞의 탑 아래에 앉아서 여왕이 나오기를 기다렸다. 그러나 여왕은 좀처럼 나오지 않았다. 지귀는 지루했다. 그리고 시간이 흐를수록 안타깝고 초조했다. 그러다가 심신이 쇠약해질 대로 쇠약해진 지귀는 그 자리에서 그만 잠이 들고 말았다.

여왕은 기도를 마치고 나오다가 탑 아래에 잠들어 있는 지귀를 보았다. 여왕은 물끄러미 내려다보고는 손목에 끼었던 금팔찌를 뽑아서 지귀의 가슴 위에 놓은 다음 발길을 옮기었다. 여왕이 지나간 뒤에 비로소 잠이 깬 지귀는 가슴 위에 놓인 여왕의 금팔찌를 보고는 놀랐다. 그는 여왕의 금팔찌를 가슴에 꼭 껴안고 기뻐서 어찌할 줄을 몰랐다. 그러자 그 기쁨은 다시 불씨가 되어 가슴

속에서 활활 타오르고 있었다. 드디어 온몸이 불덩어리가 되는가 싶더니, 이내 숨이 막히는 것 같았다.

가슴속에 있는 불길은 몸 밖으로 터져나와 지귀를 어느새 새빨간 불덩어리로 만들고 말았다. 처음에는 가슴이 타더니 다음에는 머리와 팔다리로 옮아져서 활활 타올랐다. 불길은 탑으로 옮겨져서 이내 탑도 불기둥에 휩싸였다. 그러더니 불길은 거리에까지 퍼져서 온 거리가 불바다를 이루었다.

이런 일이 있은 뒤부터 지귀는 불귀신으로 변하여 온 세상을 떠돌아다니게 되었다. 사람들이 불귀신을 두려워하게 되자, 여왕은 이를 쫓는 주문(呪文)을 지었다.

지귀는 마음에서 불이 일어(志鬼心中火)
몸을 태우고 불귀신이 되었네(燒身變火神).
푸른 바다 밖 멀리 흘러갔으니(流移滄海外)
보지도 말고 친하지도 말지어다(不見不相親).

이런 일이 있은 뒤부터 사람들은 화재를 물리치기 위해서 이 주문을 대문에 써붙이게 되었는데, 이는 불귀신이 된 지귀가 선덕여왕의 뜻만 좇기 때문이라고 한다.

역시《대동운부군옥》에 씌어 있는 신라식 사랑 이야기 하나를 거론하지 않고 넘어갈 수는 없을 것이다.

신라시대에 최항이라는 사람이 있었는데 그에게는 사랑하는 여자가 있었다. 그러나 부모가 허락하지 않아 몇 달 동안 만나지 못하다가 그만 죽고 말았다. 죽은 지 8일째 되는 날 그 혼령이 여자를 찾아가자 그가 죽은 줄 모르고 있던 여인은 그를 반가이 맞았다. 사내는 머리에 꽂고 있던 석남꽃 가지를 꺾어 여자에게 건네며 부모가 그대와 살도록 허락하여 왔노라고 말했다.

여자는 그를 따라 그의 집까지 갔는데 그가 담을 넘어 들어간 뒤 새벽이 되도록 나오지 않았다. 아침에 그 집 사람이 그녀가 온 까닭을 물어 사실대로 대답했다. 그러자 그 집 사람들이 말하기를, 그가 죽은 지 이미 8일이 지나 오늘이 바로 장례날이라는 것이었다.

여자는 그가 건네준 석남꽃 가지를 내보이며 그의 머리에 꽂힌 꽃가지를 확인해보도록 했다. 이에 관을 열어보니 과연 사내의 머리에 석남꽃 가지가 꽂혀 있고 옷이 이슬에 젖어 있었다. 여자가 그를 따라 죽으려 하자 그가 다시 살아나 마침내 함께 백년해로를 했다.

이 설화가 우리에게 보여주는 것은 아무래도 운명적인 사랑의 힘이 아닐까 싶었다. 그리고 은장도의 푸른 날로도 벨 수 없는 질기고 질긴 연(緣), 그것의 몸서리치는 아름다움이었다. 꽃가지로 얽힌 사랑의 연은 죽음으로도 막을 수 없어 죽은 이를 일으켜 세우고, 끝내 사랑의 완성을 가져오게 한 것이다. 사랑의 힘은 이토록 신비로운 것이었다. 거기에 석남꽃이 있었다.

그 이야기를 읽고 석남꽃을 심어 가꾸었다. 가지마다 꽃송이가 터지는 듯했다. 그리고 그 꽃 사이로 나는 천년 전 사내의 환생을 보았다. 머리에 꽃가지를 꽂은 채 관 뚜껑을 열고 걸어나오는 저 사랑의 화신. 놀랍게도 그는 천년을 단숨에 건너뛰어 바로 내 앞에 서 있었다.

그러나 석남꽃은 정식 이름이 아니다. 원래 이름이 바로 노랑만병초이다. 상록의 관목인 만병초(萬病草)는 칠리향(七里香), 향수(香樹)라고도 불리며, 일본에서는 이 가지로 나무젓가락을 만들어 쓰면 울화가 진정된다고도 하고 줄기에 약(藥)자를 새겨 가지고 다니면 중풍을 예방한다고도 했다. 그러나 잘 쓰면 약, 못 쓰면 독이라는 말이 있듯이 잎이 유독성이므로 조심해야 한다고 씌어 있었다.

가죽질인 잎은 겨울에는 추위를 이기기 위해 뒤로 젖혀져 말린다. 깔때기꼴의 꽃은 다섯 갈래 꽃잎처럼 갈라져 있는데 화사하다. 흔히 시중에 나오는 것은 그냥 만병초라 불리는 것으로 울릉도의 분홍꽃 피는 만병초로 대표된다. 중부 이북의 높은 산에서 자란다고 하는 노랑만병초는 꽤 귀하다. 알아야 할 것은 만병초와 노랑만병초는 서로 다르며, 노랑만병초를 석남꽃이라고 부른다는 점이다.

노랑만병초를 흘낏거린다. 그리고 서정주 시인이 위의 설화를 읽고 쓴 시 〈머리에 석남꽃 꽂고〉를 기억한다.

머리에 석남꽃 꽂고
네가 죽으면
머리에 석남꽃 꽂고
나도 죽어서

나 죽는 바람에

네가 놀라 깨어나면

너 깨는 서슬에

나도 깨어서

한 서른 해 더 살아볼꺼나

죽어서도 살아서

머리에 석남꽃 꽂고

서른 해만 더 살아볼거나

나는 아파트 외벽의 김일성화를 돌아보았다. 그러자 예라고 간단히 대답한 안내원이 마치 준비라도 했다는 듯 인쇄물 한 장을 불쑥 내밀었다. 평양 대동강반에 김일성화김정일화전시관 개관이라는 제목이 보였다. 나는 기사를 읽어보았다.

조선중앙통신에 의하면 14일 평양에서는 김일성화김정일화전시관 개관 및 김일성화전시회 개막식이 진행되었다. 대동강반에 1만 2000여㎡의 건축면적을 가지고 독특한 형식으로 일떠선 전시관은 국내전시회는물론 국제적인 화초박람회도 진행할 수 있게 현대적으로 꾸려졌다.

김일성화전시회장에는 각 계층 근로자들과 인민군 군인들, 청소년 학생들이 활짝 피워 내놓은 김일성화 5500여 상과 김정일화 그리고 갖가지 아름다운 꽃들이 전시되어 있다. 또한 외국에서와 조선주재 여러 나라 대사관에서 보내온 김일성화들이 전시되어 있다.

김일성화는 난과에 속하는 열대식물로, 충성의 꽃 또는 김일성주의 혁명의 꽃으로도 불린다. 지름 7~8cm의 자주색 꽃봉오리가 약 100일간 피는데, 꽃잎에 흰색 점 3개가 박혀 있는 것이 특징이다. 1955년 4월 김일성 수상이 반둥 회의(아시아-아프리카 회의) 참석차 인도네시아를 방문했을 때 당시 수카르노 인도네시아 대통령으로부터 처음 선물로 받은 것이다. 1977년부터 김일성화로 집중 재배되기 시작했으며, 평양·남포·해주·청진 등 주요 도시마다 이 꽃을 재배하는 온실이 따로 있을 만큼 중시되고 있다.

또한 전국 규모의 김정일화축전에 앞서 열린 평양시 김정일화전시회는 김 위원장을 상징하는 김정일화 2천여 점이 출품됐다. 김정일화는 지난 88년 46회 생일을 기념해 일본의 원예사 가모 모도데루가 육종, 기증한 베고니

아과 다년생 화초이다.

기사의 왼쪽에는 김일성화의 사진이, 오른쪽에는 김정일화의 사진이 실려 있었다. 김일성과 인도네시아의 난꽃이 어떻게 어울리며, 김정일과 일본의 베고니아꽃이 어떻게 어울리는지 어리둥절할 뿐이었다. 김일성화와 김정일화를 직접 보고는 싶었다. 소용없는 일이었다. 일행을 태운 버스는 평양 시내 여기저기를 돌아보고 있었다. 김일성 동상도 지나고, 다시 개선문도 지났다. 가는 곳마다 울긋불긋 원색의 한복을 차려입은 여자들이 줄을 지어 손을 흔들었다. 어떤 곳에는 학생들 밴드도 동원되어 있었다.

전보다 많이 자유스런 분위기예요.

평양에 몇 번 왔었다는 사람은 감탄하고 있었다. 그러나 나는 아무런 감흥을 느낄 수 없었다. 줄지어 선 여자들의 일괄적인 미소에도 질릴 지경이었다. 쿠바의 아바나 거리에서 본 세계청년축전 포스터가 눈에 선했다. 포스터에는 한글로 제국주의 타도! 라고 붉게 씌어 있었고, 불끈 쥔 주먹이 치솟듯 그려져 있었다. 세계청년축전은 공산주의 나라 청년들의 단결을 위해 이 북쪽 나라에서 만든 대회였다. 그것이 뜻밖에 쿠바에서 이어지고 있었다. 공연히 으스스한 분위기였다. 그러나 그때는 벼룩시장에서 아바나 항구를 그린 그림을 살 수 있어서 조금은 느긋했었다. 뚱뚱하고 인자한 마리아가 앞바다에 무인 등대처럼 떠 있는 그림이었다. 어둠이 깃들면 멜리아 호텔 앞에는 젊은 여자들이 무리를 지어 서성거렸다. 그것이 양각도 호텔과 다른 점이었다. 양각도 호텔은 접근조차 할 수 없는 수용소니까 당연했다.

평양 구경도 구경이지만, 무엇보다도 배가 살살 아파오기 시작하여 걱정이었다. 오후에 남북 남녀 농구 대회를 보는 데 무려 네 시간이나 류경 정주영 체육관에서 보내야 하는 일정이었다. 도저히 자신이 없었다. 언제부터인지 온몸에서는 식은 땀이 돋았다. 다행히 점심은 양각도 호텔로 돌아가 먹는다고 했다. 그 김에 호텔 방에 드러누울 수 있겠다는 데 생각이 미쳤다. 갑자기 피로가 엄습하며 졸음이 쏟아졌다.

호텔로 돌아온 나는 점심도 먹지 않고 방에 들어와 쓰러지듯 침대에 누웠다. 그리고 일어날 수 없다는 뜻을 룸메이트 사내에게 밝혔다. 이제 믿는 건 그뿐이었다. 그가 진행요원에게 뭐라고 전했는지는 알 수 없었다. 내가 땀에 젖어 몇 시간 동안 누워 있는데도 아무도 상관하지 않았다. 그럴 자유가 주어진다는 사실이 신기해서 나는 누구에겐가 감사를 드렸다.

저녁 다섯 시 무렵 나는 침대에서 일어났다. 속이 쓰린 것은 말할 나위도 없었다. 아래로 내려가 무엇이든 먹을 것을 찾지 않으면 안 되었다. 로비로 내려가 식당 문을 밀었으나, 문은 굳게 닫혀 있었다. 당연한 듯싶었다. 나는 상점을 기웃거렸다. 기념품 상점과 연결되어 어제 맥주를 샀던 가게로 가는 문이 열려 있었다. 종업원이 무료하게 앉아 있었다. 나는 기념품 상점의 진열창을 들여다보며 가게로 들어갔다. 기념품 상점에서 살 것은 없었다. 그러나 웬일인지 너무 급히 가게로 가는 꼴을 보이고 싶지 않았다. 내 마음은 이미 맥주를 사리라 정해져 있었던 것이다.

안면이 있는 종업원은 내가 혼자 호텔에 남아 있다는 것이 놀라운 모양이었다. 눈을 동그랗게 뜨고 나를 쳐다보았다. 그녀는 나를 꽤 중요한 사람으로 알아보는 것 같았다. 나는 아무 말 않고 하이네켄 맥주 두 병과 땅콩 한 봉지를 샀다. 27층으로 올라오자 로비에 앉아 있던 두 여자가 벌떡 일어나며 인사를 했다.

안녕하십니까.

어제부터 얼굴을 보이던 여자들이었다. 멜빵이 달린 베이지

색 바지가 인상적이었다.

왜들 그렇게 일어나십니까?

존경해야지요.

알 수 없는 대답이었다. 나는 어정쩡하게 눈인사를 보내고는 방으로 들어와 급히 맥주병을 땄다. 휴우, 안도의 숨이 내쉬어졌다. 아무 일도 일어나지 않았건만 많은 일들이 일어난 듯싶었다. 차근차근 마음을 달래지 않으면 안 된다. 이곳은 평양의 대동강 양각도 호텔. 그러자 기념품 상점에서 본 고려 시대 청자가 눈에 어렸다. 앵무 무늬 향합(香盒)이었다. 우연찮게 그것은 버드나무 가지 사이로 암수 한 쌍의 앵무새가 펄럭이며 날고 있는 무늬가 음각으로 그려져 있는 것이었다. 나는 맥주를 들이켜며《삼국유사》의 한 대목을 펼쳤다.

> 신라 제42대 흥덕왕 때 당나라에 사신으로 갔던 사람이 앵무새 한 쌍을 가지고 왔다. 그런데 오래지 않아 암놈이 죽고 말았다. 홀로 된 수놈은 구슬프게 울어 마지않았다.
>
> "저를 어찌할꼬. 거울이라도 그 앞에 갖다 놓아라."
>
> 왕은 꾀를 내었다. 거울을 들여다본 새는 제 짝이 돌아

온 줄 알고 울음을 멈추었다. 그러나 그것도 잠깐이었다. 새는 제 짝을 찾아 거울을 쪼아보았다. 그러다가 마침내 제 짝이 아니라 제 그림자인 줄 알았다. 새는 더욱 슬프게 울다가 그 자리에 쓰러져 죽고 말았다.

오래전에도 읽었던 아름답고 슬픈 이야기였다. 향합은 여자들이 화장할 때 쓰는 향을 담는 그릇으로, 암수 앵무새를 그려놓는 경우가 없지 않았다. 버드나무 무늬는 흔한 것이었다. 앵무새는 우리나라에는 없는 새였어도, 잉꼬라는 새에서 보듯 그 무리는 암수가 유난히 부리를 서로 비비며 정겨운 모습으로 살아가는 걸 예전부터 알았던 것이다. 그 알뜰한 사랑의 장면은 향합에는 가장 안성맞춤이었다.

일행이 다 나가고 텅 비다시피 한 북녘 호텔에 홀로 들어앉아 맥주를 따라놓고 옛사랑 이야기를 펼치고 있는 나를 나 자신 상상조차 할 수 없었다. 한때 전쟁을 했으며 지금도 적대적인 위치에 있는 나라에 와서 난데없이 옛사랑을 들추고 있다? 전쟁이 일어났을 때 내 나이는 다섯 살이었다. 홍역으로 피난도 가지 못한 나는 어머니와 시가전의 한가운데 놓여 있었다. 괴괴한 시간과 총알 볶는 소리의 시간만이 교차했다. 많은 주겁도 보았다. 그런데 이곳에서 옛사랑을? 나는 알 수 없는 운명을 실감할 수 없었다. 서울을 떠나기 며칠 전에 어느 잡지에서 내가 사랑하는 우리말에 대해 한마디 하라고 해서 나는 사랑이라고 대답했었다. 그리고 다음과 같이 팩스로 몇 마디 추가했었다.

> 사랑. 너무 평범한 낱말일까. 그러나 나는 이 낱말을 떠나서는 삶을 나타낼 수 없다. 사랑은 우리의 모든 삶 곳곳에 퍼져 있고 스며들어 있다. 그렇다면 사랑이란 과연 무엇일까. 한 개인을 향한 인간의 사랑도 있으며, 인류를 향한, 우주를 향한 사랑도 있다.

> 한번 간 사랑은 그것으로써 완성된 것이다. 애틋함이나 그리움은 저세상에 가는 날까지 가슴에 묻어두어야 한다. 헤어진 사람을 다시 만나고 싶거들랑 자기 혼자만의 풍경 속으로 가라. 그 풍경 속에 설정되어 있는 그 사람의 그림자와 홀로 만나라. 진실로 그 과거로 돌아가기 위해서는 자신은 그 풍경 속의 가장 쓸쓸한 곳에 가 있을 필요가 있다. 진실한 사랑을 위해서는 인간은 고독해

질 필요가 있는 것과 같다.

예전에 내가 쓴 이 글에서의 사랑은 분명 인간을 향한 사랑이다. 그런데도 나는 사랑이 끝난 다음의 사랑을 말하고 있지 않은가.

사랑을 나누는 사람은 행복하다. 그러나 사랑을 나눈다는 것은 결코 쉬운 일이 아니니다. 서로가 주고받는 사랑이라면 더없이 행복한 일이다. 그러나 주는 사랑이 있는 반면 받는 사랑도 있다. 이것만 해도 행복하다고 할 수 있다. 요컨대 사랑을 주는데도 제대로 받지 못하는 사람이 있는 것이다. 불행한 노릇이다.

사랑하다가 죽어버려라.

문득 정호승 시인의 구절을 읊조려본다.

지금은 전쟁 중의 괴괴한 시간인지 모를 일이었다. 그러므로 옛사랑이 한결 유효한지도 모를 일이었다. 앵무새가 짝을 찾는 애절한 사랑을 향합의 무늬에서 그려보던 나는《삼국유사》를 펼쳐 또 다른 외로운 새가 되어 짝을 부르는 구절을 찾을 수 있었다.

신라 신문왕 때 조신(調信) 스님은 명주 태수 김흔공의 딸을 좋아하여 낙산의 관음보살 앞에 남몰래 사랑이 이뤄지기를 매양 빌었다. 그러나 그녀에게는 배필이 생기고 말았다. 그는 관세음보살이 자기 소원을 들어주지 않았다고 원망하며 날이 저물도록 슬피 울었다. 그러다가 지쳐서 잠이 들었다.

꿈결에 누군가 문을 열고 들어와서 흰눈 같은 이를 드러내며 속삭였다.

"일찍이 스님의 얼굴을 알고 마음으로 사랑하여 잠시도 잊은 적이 없었습니다. 부모의 명령을 거역하지 못하여 억지로 다른 사람한테 가고 만 것입니다. 이제는 죽어도 한 구덩이에 묻히길 바라고 이렇게 왔습니다."

김흔공의 딸이었다. 조신은 기뻐하며 함께 고향으로 가서 살림을 차렸다.

그러나 같이 산 지 사십여 년 동안 비록 자식은 다섯을 낳았으나 가난을 벗어나지 못했다. 집은 텅텅 빈 채 네 벽뿐이었고, 끼니도 잇기 어려웠다. 서로 이끌고 이리저리 얻으러 다니는 처지에 해진 누더기옷 차림이었다. 그러기를 다시 십여 년, 어느 고갯길을 가다가 큰아이가 굶어 죽어 길가에 묻고 움집을 짓고 살았다. 부부는 늙고 병들어 자리에 눕고 막내딸이 동냥을 하다가 사나운 개에 물려 울부짖으며 앞에 와 쓰러졌다. 그러자 부인이 눈물을 흘리면서 말했다.

"처음 당신을 만났을 때 당신은 젊은 나이에 얼굴이 빛났으며 옷차림도 깨끗하였습니다. 한 가지 맛난 음식도 나누어 먹었고, 몇 자 옷감도 함께 입어가며 정분이 다시없었습니다. 은혜와 사랑은 한없이 깊어 과연 두터운 인연이라 하였더니, 이제 와서는 쇠약해져 병과 굶주림이 해마다 더하고 옆집에서는 건건이죽 한 그릇도 주지 않으며 멸시만 받습니다. 아이들의 굶주림과 추위를 면해줄 수도 없는 터에 어느 겨를에 부부 사이에 사랑이 있을 것인가요. 붉은 얼굴에 예쁘던 웃음도 풀 위의 이슬처럼 사라졌고, 지초와 난초 같던 꽃다운 약속도 회오리바람에 버들꽃인 양 흩어졌구려. 당신은 나 때문에 괴로움을 받고 나는 당신 때문에 걱정이 되니 곰곰 옛날의 즐거움을 생각하면 우환이 함께 따라올 것도 당연한 일입니다. 당신이나 나나 어찌 이 지경에 이르렀을까요. 변변찮은 뭇 새가 함께 굶주리는 것보다는 차라리 귀하고 외로운 새가 되어 짝을 부르는 편이 좋지 않을까요.
차가우면 버리고 더우면 붙는다는 것은 차마 인정에 못
할 노릇이지만 가고 멈추는 것은 인력으로 못하고 헤어
짐과 만남은 운수에 달려 있으니 청컨대 서로 그만 헤어
집시다."

그 말을 듣고 조신은 헤어져 길을 떠나려다가 잠에서 깨
어났다. 모든 게 꿈이었다. 아침이 되었는데, 머리털은
죄다 세고 정신이 멍하여 도무지 인간 세상에서 살 의욕
이 일지 않았다. 괴로운 생애가 이미 싫어졌고 탐욕스러
운 마음이 얼음 녹듯 풀어졌다. 이때야 관음상 대하기가
부끄러워 뉘우쳐 마지않았다.

나는 변변찮은 뭇 새가 함께 굶주리는 것보다는 차라리 귀
하고 외로운 새가 되어 짝을 부르는 편이 좋지 않을까요 하는
구절을 다시 또 읽었다. 하필이면 여기에 버들꽃도 나오고 있
었다. 나는 무엇이라고 판단하기 어려웠다. 꿈을 내세운 이 이
야기의 큰 뜻은 물론 인생살이의 덧없음이 될 것이었다. 더군
다나 스님으로서의 행실도 문제삼았을 것이었다. 그렇다고 해
서 병든 늙마에 헤어지자는 해결책이 옳은 것인지 나는 알 길

이 없었다. 그만 헤어집시다 하는 말이 강 건너 대동강 가의 버드나무 숲에서 들려오는 듯해서 나는 창가를 서성거렸다. 그런 말은 평생 들어서는 안 될 말이었다. 그런 말을 들은 적이 있는 나는 무엇엔가 쫓기듯 꽃다운 이야기를 찾아서 책을 뒤적였다.

신라 제51대 진성여왕 때 양패공이 당나라에 사신으로 가다가 도중에 풍랑을 만나 열흘 동안이나 섬에 갇혀 꼼짝할 수 없게 되었다. 양패공은 걱정하며 점을 치도록 했다.

"이 섬에 귀신못이 있는데, 그곳에 제사를 지내야만 합니다."

그 말에 따라 제사를 올렸더니 못물이 한 길 남짓 솟아올랐다. 그리고 밤 꿈속에 한 노인이 나타나 말했다.

"활 쏘는 사람을 이 섬에 남겨두면 순풍을 맞을 것이오."

꿈에서 깬 양패공은 주위 사람들을 불러모았다.

"누가 남아 있겠소?"

"나뭇조각에 우리들 이름을 써서 물에 담가 가라앉는 제비뽑기를 하는 게 좋겠습니다."

양패공은 그대로 하라고 일렀다. 군사 가운데 거타지(居陁知)라는 사람이 있어 그의 이름이 물에 가라앉았다. 그를 섬에 남겨두자 순풍이 일어 배는 바다로 나아갔다. 시름 없이 앉아 있는 거타지 앞에 홀연히 노인이 나타나서 말했다.

"나는 서해의 물귀신이오. 그런데 매일 해 돋을 무렵 젊은 중 모습을 한 자가 나타나 이 못을 세 바퀴 돌면 우리 부부와 자식 손자들까지 물 위로 떠오르게 되어 그놈이 자손들의 속을 다 파먹어서 지금은 우리 부부와 딸 하나만 남았소이다. 내일도 올 테니 그놈을 활로 쏘아주시오."

"활 쏘는 거야 내가 잘하는 일입니다."

거타지의 말에 노인은 고맙다고 말하고 물속으로 들어갔다.

이튿날 아침 거타지는 숨어서 기다렸다. 동녘이 훤할 때, 과연 그자가 나타나 주문을 외며 용의 간을 빼내려고 했다. 거타지는 활을 들어 그자를 향해 화살을 날렸다. 화살을 맞은 그자는 늙은 여우의 정체를 드러내며 땅에 널브러졌다. 노인이 다시 나와 허리를 굽혀 말했다.

"덕택에 목숨을 지키게 되었소이다. 청하오니, 제 딸을 아내로 삼아주시오."

"그런 마음으로 따님을 주신다면 저도 영광이옵니다."

노인은 그 딸을 한 가지 꽃으로 만들어 거타지의 품에 간직하도록 했다. 그리고 두 마리 용에게 거타지를 받들어 사신이 탄 배를 따르게 했다. 당나라 사람들은 용 두 마리가 신라 배를 떠받들고 오는 것을 보고 황제에게 알렸다.

"신라 사신은 아무래도 보통 인물이 아닐 것이다."

황제는 거타지를 여러 신하들보다 윗자리에 앉히고 연회를 차려 금품과 비단을 많이 주었다.

거타지는 신라로 돌아와 품에서 꽃가지를 끄집어냈다. 그랬더니 꽃가지가 여자로 변했으므로 둘은 함께 살게 되었다.

제비뽑기든 늙은 여우든 문제가 아니었다. 마지막 두 줄에서 나는 그만 눈을 환히 떴다. 덧없는 인생살이를 잊고 나는 가슴속에 품고 온 꽃가지의 여자를 보는 듯하여, 꽃 한 송이 없는 양각도 호텔일망정 내 가슴속에 꽃가지 하나를 넣어 가지고 있다고 여긴다면 더없는 사랑을 안고 있는 거라고 외치고 싶은 마음이었다.

맥주 두 병은 어느새 동나고 말았다. 그러면 그렇지. 술꾼으로 이름난 내게 맥주 두 병은 그야말로 간에 기별도 안 가는 양이었다. 일행이 돌아올 때까지 그것만으로 버틴다는 가늠은 어림없는 것이었다. 나는 방문을 열고 복도로 나가보았다. 왼쪽으로 가서 오른쪽으로 돌아서는 곳에 여자들이 앉아 있는 소파가 놓여 있었다. 나를 발견한 여자 둘이 아까처럼 동시에 일어섰다. 이번에는 안녕하십니까 소리가 없어서 다행이었다.

우리 일행들, 언제 오는지 모르지요?

모릅니다.

그녀들도 내 존재에 대해 궁금하기 짝이 없는 표정이었다.

심부름 좀 해줄 수 있지요?

무슨 심부름 말입니까?

맥주를 부탁합니다.

나는 주머니에서 유로화를 꺼냈다. 세 병을 부탁한 뒤, 돈은 두 배쯤을 건넸다. 그녀들은 두말없이 엘리베이터 쪽으로 사라져갔고, 얼마 지나 방으로 맥주를 가져다주었다. 어김없이 둘이서 움직이도록 정해져 있는 모양이었다.

좀 앉았다 가면 안 됩니까?

거스름돈을 내미는 걸 말리는 척 나는 손을 잡아끌었다.

아니 됩니다.

그녀들은 동시에 고개를 저었다. 아무렴, 짐작했었다. 그녀들이 나가고 나자 맥주 생각은 가뭇없이 사라지고 말았다. 대동강 저편으로 어스름이 밀려오고 있었다. 나는 멀리 아득한 막북(莫北)의 변방에 유배된 사람이었다. 십 년 전에 중국의 둔황에 가서도 술에 취해 다음 날 일행과 떨어져 호텔에 혼자 남은 적이 있었다. 나는 여종업원과 필담을 하여 물을 얻어먹으며 지낸 막막한 하루였다. 사막의 하루, 신기루의 하루를 허기진 낙타처럼 보내는 심정이었다. 아름다운 꽃가지의 여자 대신에 전쟁으로 텅 빈 도시가 눈앞에 펼쳐졌다. 나는 어머니의 등에 업혀 어느 지하실로 가고 있었다.

밤에 불은 왜 켰나 말이오.

누군가가 물었다.

아이가 아파서요. 홍역을 앓아요.

적과 연락한 게 아니오?

그럴 리가 있습니까. 아이를 보세요.

어머니는 울긋불긋 열꽃이 돋은 내 얼굴을 보여주었다. 사실이었다. 그 무렵 기세등등하던 인민군 최정예 12사단은 낙동강 전선을 뚫지 못하고 가로막혀 있었다고 나중에 나는 전사에서 읽었다. 김일성은 8·15까지 부산을 떨어뜨리라고 호령하는데, 빗물은 불어 있었다. 강물 위로 병사를 시험 삼아 건너 보내려다가 빠져 죽는 일도 생겼다. 그러다가 기계읍 전투에서 큰 타격을 입고 사단 사령부만 혼비백산 간신히 비학산 밑으로 빠져 달아나는 형국이었다. 전세는 뒤바뀌고 있었다.

하마터면 인민재판에라도 걸릴 뻔하다가 놓여난 우리는 변두리 쪽으로 피해갔다. 친척집 방공호 앞에 핼쑥한 몰골로 앉아 있던 나는 인민군 병사 둘이 오죽헌 쪽에서 내려오는 것을 보았다. 그들은 감자를 나눠 먹고 있었다. 그들이 입에 집어넣고 있는 그것이 감자임을 나는 너무도 또렷이 보았다. 그때였다. 어디선가 피융피융 총소리가 들리는가 하더니, 그 두 인민군 병사는 땅바닥에 나뒹굴었다.

순식간의 일이었다. 내가 놀라지 않은 까닭을 나는 두고두고 알 수 없었다. 내게는 다만 감자만이 또렷했다. 뒷날 오죽헌이 박정희 대통령에 의해 크고 번듯하게 단장되었어도 나는 오죽이 듬성듬성한 언덕 아래로 그들이 걸어내려오며 입에 집어넣던 감자가 눈앞에 그려지곤 했다.

내게 전쟁은 그 감자와 함께 물러갔다. 반세기가 지나 평양의 대동강을 내려다보며 나는 내 고향 강릉의 오죽헌 대나무들이 바람에 스치며 날리는 소리를 듣는다.《삼국유사》에서 대나무를 찾아보는 여유도 부려본다.

신라 제14대 유리왕 때에 이서국이 쳐들어왔다. 신라는 대부대를 동원하여 막았으나, 오래 버틸 수 없었다. 그때 돌연 댓잎사귀를 귀에 꽂은 이상한 군사들이 와서 도와 힘을 합쳐 적을 물리쳤다. 적군이 물러간 뒤 그들이 어디로 갔는지 알 수 없었다. 다만 댓잎사귀들이 미추의 왕릉 앞에 쌓여 있는 것을 보고 그 음덕임을 알았다.

신라 제48대 경문왕은 즉위하자 갑자기 귀가 노새의 귀처럼 길어졌다. 왕후는 물론 대궐에서 일하는 사람들은 아무도 몰라보았으나, 오직 두건 만드는 사람만이 알아보았다. 그는 입을 다물고 있다가 죽음을 앞두고 뒷산 대숲 속에 들어가 대를 향해 외쳤다.
"우리 임금님 귀는 노새 귀!"
그로부터 바람이 불 때마다 대나무가 소리쳤다.

"우리 임금님 귀는 노새 귀!"

왕은 이를 싫어하여 대를 베어버리고 산수유를 심었다. 그러자 바람이 불면 좀 다른 소리가 들려왔다.

우리 임금님 귀는 기다랗네!

신라 제31대 신문왕은 감은사를 지었다. 이듬해 바다 일을 보는 관리가 와서 아뢰었다.

"동해 가운데 웬 작은 산이 감은사를 향하여 파도에 왔다 갔다 하옵니다."

왕은 점을 쳐보라고 하였다.

"돌아가신 문무왕께서 지금 바다의 용이 되어 우리를 지키고 있습니다. 폐하께서 바닷가로 나가보신다면 반드시 큰 보물을 얻을 것입니다."

왕은 기뻐하며 이견대라는 곳으로 나아가 그 산을 잘 알아보게 하였다. 산은 거북의 머리처럼 생겼고, 그 위에 대나무가 있어서 낮에는 둘이 되었다가 밤에는 하나로 합쳐지곤 한다는 것이었다. 왕은 감은사에 와서 묵었다. 이튿날 한낮에 대나무가 합쳐지더니 천지가 진동하며 비바람이 불고 이레 동안 캄캄했다. 물결이 평온해진 다음, 왕이 그 산으로 들어가자 용이 검정 옥대를 바치며 맞았다.

"대나무가 갈라지고 합치는 까닭은 무엇인가?"

왕이 물었다.

"이것은 두 손바닥이 마주쳐야 소리가 나는 것과 마찬가지입니다. 높으신 임금님이 소리로써 천하를 다스릴 좋은 징조입니다. 이 대나무를 가져다가 피리를 만들어 부시면 천하가 평화로울 것입니다."

왕은 놀랍고 기뻐서 용에게 비단과 금과 옥을 주었다. 대나무를 꺾어 나올 때 산과 용은 어디론가 사라지고 없었다. 그날 감은사에서 묵고 다음 날 점심에 기림사 서쪽 냇가에 수레를 멈추고 점심을 먹을 때였다. 소식을 들은 태자가 달려와 용이 바친 검정 옥대를 살펴보고 말했다.

"이 옥대에 달린 장식들은 모두 진짜 용들입니다."

"네가 그것을 어떻게 아느냐?"

"옥장식 한 개를 따서 물에 담가 보여드리지요."

태자는 말하고 나서 옥장식 하나를 따서 개울물에 담갔다. 옥장식은 곧 용이 되어 하늘로 올라가고 그 자리는 못이 되었다.

왕은 돌아와 그 대나무로 피리를 만들어 월성의 창고에 보관하였다. 그리고 이 피리를 불면 적병이 물러가고 병이 낫고 가뭄 때 비를 내리고 장마가 개고 바람이 자고 파도가 잦아졌다. 그래서 만파식적(萬波息笛) 곧 모든 거센 물결을 잠재우는 피리라고 짓고, 국보로 일컬었다.

《삼국유사》에 여기저기 나오는 대나무 이야기들은 이로써 그칠 수밖에 없다. '임금님 귀는 노새 귀!'는 다른 이야기책에서도 본 것이었다. 어쨌거나 나는 오죽헌의 대나무로도 거센 물결을 잠재우는 피리를 만들 수 있기를 기도하고 싶었다. 남과 북이 다투고 남쪽은 남쪽대로 지리멸렬이었다. 하지만 이루어질 일이 아니었다. 고구려의 나무처럼 그런 피리도 단지 이상을 추구하는 마음의 표현에 지나지 않을 뿐이었다. 그래도 혹시 그런 것이 있다면…… 이상이 있는 한 기도하고 싶은 의지는 어느 구석엔가 살아 있을 터였다. 이상이 있는 한…… 월성의 창고에 보관해둔 대나무 피리를 누군가 꺼내 불 때가 올 터였다.

어느 해 이른 봄, M과 함께 경주에 갔었다. 이틀 동안 불국사, 안압지, 분황사, 포석정, 남산을 한꺼번에 두루 돌아보는 번개 여행이었다.

아까 지나온 월성 있지? 허물어진 토성. 그게 실은 달성인데, 달은 밤하늘의 달이 아니라 닭을 말한대.

M은 은밀한 이야기처럼 말했다.

달이 닭이라구?

응. 경상도에선 지금도 닭을 달이라구 발음한대. 신라 사람들은 닭을 신성시했다는 거야.

M은 여행 준비에 밤을 지새우는 성미였다. 따라서 쓸데없는 지식도 많이 챙겨서 오히려 거치적거리는 요인이 되었다. 아는 게 병이었다. 일일이 대꾸하다간 차 시간을 못 댈 것이었다.

여행의 마지막은 감은사 옛터였다. 고개를 넘어간 곳에 절은 없어지고 삼층탑 둘만 우뚝 서 있었다. 아직 차가운 바람을 맞으며 밭둑을 걸어가 동쪽 탑과 서쪽 탑을 돌았다. 우리나라의 삼층탑 가운데 가장 크고 당당하다는 탑에서 바라보면 멀리 바다가 열렸다. 그 앞바다에는 대왕암이 있었다. 감은사를 짓기 시작한 것은 문무왕이었다. 일본 군사를 막기 위하여 절을 짓다가 끝내지 못하고 죽어 대왕암에 묻혀 동해를 지키는 용이 되었다고 했다. 감은사에서 바다로 구멍이 뚫려 있는 것은 용이 드나드는 통로라고 했다.

문무왕이 일본으로부터 동해를 지키려고 용왕이 된 이야기는 신라와 일본의 관계를 말해준다. 본래 신라와 일본이 나쁜 사이가 아니었음은 '연오랑(延烏郎)과 세오녀(細烏女)'의 이야기에서도 알 수 있다.

> 제8대 아달라왕 때였다. 동해 바닷가에 연오랑(延烏郎)과 세오녀(細烏女) 부부가 살고 있었다. 어느 날 연오랑이 바닷가에서 해초를 따는데, 웬 바위가 나타나 그를 태우고 일본으로 갔다. 일본 사람들은 놀라서, 범상치 않은 인물이라고 왕으로 삼았다.
>
> 기다리던 남편이 돌아오지 않자 세오녀는 이리저리 찾아 헤맸다. 그녀는 남편이 바위 위에 벗어놓은 신발을 발견하고, 그리로 올라갔다. 또 바위가 나타나 그녀를 태우고 일본으로 갔다. 그곳 사람들이 왕에게 알려, 두 사람은 서로 만나게 되었다.
>
> 그와 함께 신라에는 해와 달이 빛을 잃는 일이 일어났다. 천문을 맡은 관리가 왕에게 아뢰었다.
>
> "우리나라에 내려와 있던 해와 달의 정기가 일본으로 가

버려서 이런 괴변이 생겼사옵니다."

왕은 연오랑을 데려오려고 사신을 일본으로 보냈다. 그러나 연오랑은 곤란해했다.

"나는 하늘이 시켜서 이 나라에 왔소. 그러니 이제 어찌 돌아가겠소. 왕비가 결 고운 비단을 짠 게 있으니, 가져가 하늘에 제사를 올려주오."

사신은 돌아와 사실대로 아뢰고, 그 비단으로 하늘에 제사를 올렸다. 그랬더니 해와 달이 평소처럼 돌아왔다.

이 기록이 무엇을 뜻하는지는 알 길이 없다. 부부를 일본으로 태우고 간 '바위'는 무엇이며, 연오랑은 과연 일본의 왕이 되었는가. 주석에는 일본의 변방 작은 땅의 우두머리일 것이라고 되어 있으나, 그것에도 수수께끼가 깃들여 있기는 마찬가지인 것이다. 그러나 어쨌든, 신라와 일본 사이에 그만큼 긴밀한 관계가 이루어지고 있었음을 보여주는 기록으로 충분한 가치가 있다고 하겠다. 말하자면 나쁘지 않은 관계를 맺고 있음을 알 수 있는 것이다.

그런데, 세월이 흘러 제17대 내물왕과 제18대 눌지왕 때의 기록은 어떠한가.

왜왕(倭王)이 사신을 보내와서 간청했다.

"대왕께서 신성하시다는 말씀을 듣고 저희 왕이 백제의 죄를 고해 바치라 하였습니다. 그러하오니, 왕자 한 명을 보내 저희 임금께 성의를 표해주셨으면 하옵니다."

그 말을 들은 내물왕은 왕자 미해(美海)를 일본으로 보내도록 했다. 마침 고구려에서도 그렇게 간청하므로 왕자 보해(寶海)를 보내도록 했다. 그러나 왜왕은 그를 붙잡아 30년 동안이나 보내지 않았다. 고구려도 마찬가지였다. 내물왕의 뒤를 이은 눌지왕은 탄식해 마지않았다.

"예전에 아버님은 나라를 위해 왕자를 다른 나라에 보냈다가 다시 만나지 못하고 돌아가셨다. 내가 부귀를 누리지만 이 때문에 하루도 울지 않는 날이 없구나."

"이 일은 결코 쉬운 일이 아닙니다. 지혜와 용기가 있는 사람만이 할 수 있는 일입니다. 저희들 생각에는 태수 제상(堤上)이 마땅한가 하옵니다."

제상은 앞으로 나와 공손히 절을 올렸다.

"임금이 걱정을 하면 신하가 욕을 보는 법이요, 임금이 욕을 보게 되면 신하는 죽어야 하는 것입니다. 어렵다거나 쉽다거나 따진다면 불충이라 할 것이며, 죽고 사는 걸 따진다면 용기가 없다 할 것입니다. 제가 명령을 받들어 실행하겠사옵니다."

왕은 가상히 여겨 술을 따라 나누어 마시고 손을 마주 잡고 작별하였다. 제상은 먼저 고구려로 가서 계획을 꾸며 보해를 구해내는 데 성공한 뒤, 다시 일본으로 가기 위해 말을 타고 바닷가로 향했다. 그는 집에도 들르지 않고 율포 바닷가에 이르러 배에 올랐다. 뒤늦게 소식을 들은 아내가 쫓아가 애타게 불렀으나, 그는 배 위에서 손만 흔들 뿐 배는 멈추지 않았다. 아내는 뒤를 따라 망덕사 남쪽 모래밭까지 가서 넘어져 길게 목 놓아 울었다.

왜국에 도착한 제상은 왜왕 앞으로 나아갔다.

"신라 왕이 아무 죄도 없는 제 아버지와 형을 죽였기에 도망쳐 왔사옵니다."

왜왕은 그의 말을 믿고 살 집을 마련해주었다. 제상은 미해를 모시고 바닷가에 나가 놀면서 물고기와 새들을 잡아 왜왕에게 바쳤다. 왜왕은 기뻐하며 그를 의심하지 않았다.

그런 어느 날, 안개가 자욱히 낀 새벽이었다. 제상은 미해에게 계책을 일렀다.

"그러니 이제 떠나갈 만하옵니다."

"그러면 함께 가도록 하자."

미해는 제상의 말을 따랐다.

"둘이 다 사라진다면 왜인들이 알아채고 쫓아올까 염려되옵니다. 저는 머물러 저들이 못 쫓아오게 막겠사옵니다."

"내가 그대를 아버지나 형으로 여기는 터에 어찌 혼자 떠나겠는가."

"저는 왕자님의 생명을 구해서 대왕님께 위로만 된다면 바랄 게 있겠사옵니까. 제 목숨이 아까울 리 없사옵니다."

그리하여 제상은 미해를 무사히 떠나 보냈다. 미해의 방으로 돌아온 제상은 이튿날 아침 살피러 온 일본 사람에게 말했다.

"왕자님이 사냥하느라 몹시 지치셔서 일어나지 못하오."

일본 사람은 물러갔다가 아무래도 미심쩍어 저녁 무렵 다시 왔다.

"왕자님은 이미 떠난 지 오래되었소."

제상은 사실대로 말했다. 일본 사람은 왜왕에게 일러바치는 한편 말을 달려 미해를 따라잡으려 했으나, 허사였다. 왜왕은 제상을 붙잡아 닦달했다.

"너는 왜 왕자를 몰래 보냈느냐?"

"나는 신라의 신하이지 왜국의 신하가 아니다. 우리 임금의 뜻을 따랐을 뿐, 그대에게 할 말은 없다."

제상은 꿋꿋하게 맞섰다.

"너는 이미 나의 신하가 되었는데, 그러고도 산라의 신하라 한단 말이냐. 응당 벌주어야 하지만, 네가 나의 신하라고 말한다면 벼슬에 상도 주리라."

왜왕은 구슬렀다.

"차라리 신라의 개, 돼지가 될지언정 왜국의 신하가 될까보냐. 신라의 매질을 당할지언정 왜국의 벼슬을 살까보냐."

왜왕은 진노하고 말았다. 그래서 제상의 발바닥 가죽을 벗긴 다음, 날카롭게 벤 갈대 위를 걷게 하였다.

"너는 어느 나라 신하냐?"

왜왕은 다시 물었다.

"신라의 신하다."

그래도 제상이 굽히지 않으므로 이번에는 뜨겁게 달군 쇠 위에 서게 하였다.

"너는 어느 나라 신하냐?"

"나는 신라의 신하다."

제상은 늠름했다. 아무래도 굴복시키지 못할 것을 안 왜왕은 그를 불태워 죽여버렸다.

신라에서는 돌아온 미해를 맞이하여 큰 잔치를 벌였다. 그리고 제상의 아내를 국대부인이라는 칭호로 올려 모시고 딸을 미해 왕자의 아내로 삼았다.

그러나 아내는 남편을 사모하는 마음을 이기지 못하여 마침내 딸 셋과 함께 치술령에 올라 왜국을 바라보며 통곡하다가 죽었다.

우리와 일본의 미묘하고 복합적인 관계를 생각하며 밭둑 밑으로 걸어내려오던 나는 발아래 좁쌀만 한 것이 빨긋빨긋 널려 있는 걸 보았다. 마치 작은 루비 알 같았다. 이른 봄 찬바람 속에 어느덧 피어난 꽃이었다. 나는 작은 한 뿌리를 캐어 담뱃갑 셀로판 겉종이를 벗겨 그 속에 담았다. 그리고 거타지가 가슴속에 품은 꽃가지처럼 소중히 서울로 가져왔다. 책을 뒤져보니 광대나물꽃이었다. 이름은 별로였으나, 내게 전해준 뜻은 오묘하고 심대한 것이었다.

M,

아침에 닭 울음소리를 들으며 잠에서 깼어. 꿈인지 생시인지는 몰라. 그런데 이제 그 닭을 다시 생각해. 그, 왜, 광화문의 〈부에나 비스타 소셜 클럽〉 영화를 보았던 곳에서 일본 교토의 뵤도인(平等院) 건물 장식 한 부분을 찍은 도몬 켄이라는 사진작가의 사진을 보았었지. 그건 분명 닭이었어. 그런데 설명에는 피닉스(phoenix)라고 했어. 나는 지금 퍼뜩 신라의 닭이, 계룡이 피닉스라는 걸 알았어. 불사조 말야. 곰곰 되짚어보면 부여의 박물관에 있던 백제시대의 치미(尾)도 그 모습이었어. 기와지붕의 용마루에 올려놓던 장식 말야. 네가 말한 대로 월성의 월이 달이고 그 달이 닭이라면 거기 창고에 있는 대나무 피리를 가져오는 것도 닭 모습을 한 피닉스일 거야. 그걸 가지고 서울과 평양의 하늘에 높이 날아오를 거야. 왜냐하면 피닉스니까. 그리하여 모든 거센 물결을 잠재우는 피리를 불어줄 거야. 시대의 아픔을 다스릴 거야. 왜냐하면 내가 아침에 들은 닭 울음소리는 피닉스의 울음소리니까. 그날을 기다리는, 여기는 평양이야.

'부에나 비스타 소셜 클럽'은 예전에 쿠바 아바나에 있던 클럽 이름이었다. 그러나 혁명으로 문을 닫고 거기서 노래하던 사람들도 뿔뿔이 흩어졌다가 최근에 다시 모여 노래하게 된 이야기를 다큐멘터리 형식으로 찍은 영화도 그 이름이었다. 노래를 버리고 갖가지 직업을 전전하며 살아가던 늙은 가수들이 나와서 부르는 열정적이고 호소하는 듯한 라틴아메리카 음악은 아바나 거리의 퇴락한 풍경과 함께 슬프게 들려왔다. 한때는 카리브 섬나라의 진주라던 아바나는 낡고 허물어져 있었다. 나는 평양 거리를 보며 아바나 거리를 생각했다.

강가의 버드나무 어디에도 수금이 걸려 있지 않았다. 수금은 오늘날의 하프였다. 나는 대동강을 바라보며 이 땅의 옛 노래를 듣고 싶었다. 우리나라의 옛 악기에도 수금의 하나인 공후가 있었다. 나는 〈공후인〉이라는 노래를 기억했다. 고조선 때 곽리자고라는 사람의 아내 여옥(麗玉)이 지었다는 노래였다. 어느 날 아침 곽리자고가 배를 타러 강변에 나갔는데, 어디선가 머리를 풀어헤친 노인이 강물로 뛰어들어 빠져 죽었다. 노인의 아내가 공후를 가지고 노래를 슬피 부르다가 그녀마저 뒤따라 죽고 말았다. 곽리자고가 집에 돌아와 아내에게 이야기하니, 아내 여옥도 비탄에 빠져 노래를 지어 불렀다.

당신 물을 건너지 말아요(公無渡河)

당신 물을 건너다가(公竟渡河)

물에 빠져 죽으면(墮河而死)

당신 어찌하겠어요(公將奈何)

〈공무도하가(公無渡河歌)〉라고 하는 이 노래는 고구려 유리왕이 지은 〈황조가〉와 함께 우리나라에서 가장 오래된 노래로 손꼽힌다. 노인 부부가 빠져 죽은 강이 대동강은 아닐지 몰라도 나는 어둠에 잠겨가는 강물을 내려다보며 〈공무도하가〉를 내 음조로 읊조렸다. 공후는 그 모습은 남아 있으나, 아무도 타는 법을 모른다고 했다. 그러나 나는 강 건너 버드나무 숲에서 공후 소리가 울려온다고 상상했다. 공후 소리에 맞춰 내 음조는 갈대 혀를 꽂은 피리처럼 울렸다.

M,

그러다가 나는 다시 어떤 새들을 생각하게 됐어. 신라 제31대 신문왕 때 충원공이 온천에서 목욕을 하고 오던 길이었다고 해. 갑자기 누군가 나타나 매를 놓아 꿩사냥을 하고 있었어. 매에 쫓긴 꿩은 산등성이를 넘어서는 자취를 감추었지. 매 방울 소리를 따라 달려가보니 매가 우물 위 나무에 앉아 있었고, 우물물은 온통 핏빛이었어. 우물에 든 꿩이 두 날갯죽지를 펴는데, 새끼 두 마리를 안고 있었어. 매는 측은하게 여기는 듯 바라만 볼 뿐 꿩을 낚아채지 못했지. 공이 그 터에 절을 세우고 영취사(靈鷲寺)라고 이름 지었다고 해. 영취산은 본래 인도의 라자그리하에 있는, 석가모니가 불경을 설법한 산으로 유명하다고 우리는 동산불교대학에서 배웠었지. 취는 독수리, 수리, 매를 뜻하니까 영취는 영검스러운 수리지. 우리나라 경상도에도 영취산이 있는데, 그런데 흔히 스님들이 영축산이라고 부른다고 했어. 부처님이 설법한 곳과 발음이 부딪친다고 피하는 거라지. 하지만 그건 어디까지나 취가 맞아. 새끼를 안고 피 흘리며 쫓기는 꿩을 잡지 않는 매. 지도자는 그래야 한다고 나는 대동강에 빌고 있었던 걸까. 그랬어. 여기는 평양이니까.

나는 어두워진 방 안에 불도 켜지 않고 의자에 몸을 던졌다. 아침부터 온갖 날짐승과 들짐승, 꽃과 나무들이 함께 한 날이었다. 그것들은 여전히 내 주위를 에워싸고 있었다. 옛사람들이 말한 기화요초(琪花瑤草)와 신금괴수(新禽怪獸)의 세계가 내 옆에 그대로 살아 있었다. 고구려 고분 속의 벽화에서 나온 생명나무, 우주나무가 우뚝 서고, 신라의 계림에서 날아온 계룡이 날개를 퍼덕였다. 그 아래서 남쪽 사람들과 북쪽 사람들이 서로 숨겨 가져온 칼 도막을 맞추고 있었다. 아, 신기하게 딱 들어맞는군요. 그들은 서로 얼싸안았다.

〈심장에 남는 사람〉과 〈향수〉 노래가 울려 퍼졌다. 상하이, 상하이, 트위스트 추면서, 북쪽 여자들과 남쪽 여자들이 모두 나와 엉덩이를 뱅뱅 돌렸다. 하늘에서 내려오고 알에서 태어난 모든 왕들이 축배를 들었다. 피 흘리는 꿩을 살려야 하오. 영취와 계룡이 생명나무 아래 머리를 맞대고 있었다. 만파식적을 가져와야 하오. 그래야지요. 말이 끝나기도 전에 병사 둘이 대나무 숲 속에서 만파식적을 꺼내왔다. 오죽헌에서 감자를 먹던 병사 둘이었다. 아저씨들 살아 계셨군요? 그럼, 꼬마야. 한번 태어난 사람은 결코 죽지 않아. 사랑을 완성해야 하거든. 게다가 우린 대나무 숲 속에서 강원도 감자를 먹었잖니. 후후훗.

그리고 나는 생명나무 위에 올라앉은 피닉스가 불고 있는 만파식적이 내 방 안 가득히 울려 퍼지는 소리를 듣는다. 창밖으로 울려 퍼져 대동강 여울을 멈칫거리게 하고 드디어 저 회색 건물들 위에 불사(不死)의 평화를, 불멸의 사랑을 노래하는 소리를 듣는다.

방문이 딸깍 열리는 소리가 났다. 누군가 들어왔다. 누군가가 아니라 룸메이트 사내였다. 전등이 딸깍 켜지고 방 안이 환해졌다.

잘 안 갔어. 완전히 똥개 노릇 했어.

똥개라뇨?

뭐, 시키는 대로 했으니까. 박수 치라면 박수 치고. 남쪽 놈들이나 북쪽 놈들이나 하는 짓 똑같애. 지겨워.

나는 몇천 년 만에 처음 해보는 것처럼 담뱃갑을 열었다. 그리고 감은사 터 밑에서 넣어온 광대나물꽃을 거타지의 꽃가지 같이 꺼내듯 담배 한 대를 꺼내 입에 물었다.

양각도 호텔-셋째 날
—불교의 발자취

묘향산으로 가는 날이었다. 내가 준비해온 노트와 주최 측이 나누어준 자료는 거의 같은 수준의 기초적인 것으로, 평안북도 향산군에 있는 한국 명산의 하나, 높이 1909미터, 조선시대의 이름난 스님인 서산대사와 사명당이 도를 닦던 곳, 산중턱에 한국 5대 사찰의 하나인 보현사(普賢寺)가 있다는 사실 등이 나열되어 있었다. 인터넷 검색에서 베낀 것이었다. 보현사는 고려 광종 때인 968년에 세워졌으며, 임진왜란이 일어나자 서산대사가 의병을 일으킨 절로 유명하다고 했다. 그런데 내 노트에는 없고 주최 측 자료에만 있는 게 한 가지 눈에 띄었다. 묘향산에 단군이 내려와 탄생했다는 단군굴(檀君窟)이 있다는 것이었다.

나는 간단한 가방에 카메라를 챙기면서도 단군굴을 상상했다. 앞에서도 살펴보았듯이,《삼국유사》의 단군신화는 하늘 임금인 환인의 아들 환웅이 인간 세상을 다스리려고 태백산에 내려왔다고 하지 않았던가. 그래서 곰으로 하여금 굴속에서 백 일 동안 마늘을 먹고 견뎌 여자가 되게 함으로써 그 사이에서 마침내 단군을 얻지 않았던가. 곰이 살았던 굴, 단군을 얻은 굴이 묘향산에 있다는 건 아무래도 나중에 만든 이야기인 듯 싶었다.

나는 다시《삼국유사》를 들춰보았다. 아니나 다를까, 북쪽 번역자 리상호 선생은 태백은 지금의 묘향산이다라고 못박아 놓고 있었다. 나는 무슨 준비를 그리 열심히 하는지 화장실과 방 안을 왔다 갔다 하는 사내에게 그 구절을 들이밀려다가 그만두었다. 단군이 어디에서 태어났든 그게 문제가 아니라는 생각이 퍼뜩 들었던 것이다. 그가 어디에서든 태어난 것만 확실하다면 그만이 아닐까 싶었다. 나로서는 획기적인 깨달음이라고 나는 스스로 대견스러웠다. 단군은 그렇게 내 안에서도 획기적으로 태어나고 있었다.

단군굴이라……

나는 입속으로 우물거리며 홀로 미소 지었다.

어서 내려갑시다.

사내가 허리 가방을 조여맸다. 외국 여행이 처음 열릴 무렵 유행하던 것이었다. 그러나 이제는 보기조차 힘들었다. 허리에 바싹 둘렀으니 편리하고 안전할 것처럼 여겨지던 것이었으나, 그것은 소매치기들의 목표물이 되기에 십상이었고, 실제로 허술하게 털렸다. 삼삼오오 떼를 지은 얼치기 관광객들이 하나같이 허리 가방을 차고 어리둥절한 모습으로 거리를 지나는 광경은 우습다 못해 꼴불견이었을 것이다. 나는 한 친구가 그 속에 꼭꼭 넣어둔 달러를 감쪽같이 털리고 허어 참을 연발하던 모스크바의 어느 날 저녁을 기억에서 끌어냈다. 사내의 허리 가방을 보자 북쪽에 우리 일행을 노릴 소매치기가 있다면 얼마나 흥미 있는 일이 벌어질까 싶었다.

맨날 똑같은 식당에서 똑같은 식사라니, 이게 우리 식인가.

사내는 투덜대며 식당 문을 밀쳤다. 우리 식 사회주의를 부르짖는 표어는 평양 시내 곳곳에 나붙어 있었다. 뷔페의 특징을 한마디로 말하자면 과일이 없다는 점이었다. 나는 과일을 많이 먹는 편은 아니지만, 섭섭하기는 했다. 다른 나라에 가서 그곳의 특별한 과일을 살펴보고 맛보는 것이야말로 즐거움의 하나였다. 동남아시아만 해도, 타이완에서 스자는 어땠으며,

인도네시아에서 두리안은 어땠으며, 스리랑카에서 우드애플은 어땠는가. 모두 생김새부터가 특이했다. 그런데 양각도 호텔에는 어릴 적부터 들어 알고 있는 사리원 사과 한쪽 눈에 띄지 않았다.

평양 개고기가 유명하다는데 말야.

간단한 식사를 마치고 호텔 밖에 나와서도 사내는 개운치 않은 얼굴이었다.

여기도 있었잖아요.

어느 쟁반엔가 가늘게 썬 개고기에 튀김옷을 입혀 튀겨놓은 것이 있기는 했다. 그러나 사내가 말하는 개고기는 그것만으로 식사를 하는 것을 말하고 있을 터였다.

개고기가 아니라 단고깁니다.

어느 틈에 들었는지 남자 안내원이 웃음을 띠고 말했다. 수령님이 먹어보고 맛있어서 그렇게 부르도록 했다고 그는 덧붙였다. 그러니까 단은 달다에서 나온 말이었다. 금강산 구룡연 계곡에도 장군님이 마셔보고 산삼과 녹용이 녹아 흐르는 물맛이라고 했다는 삼록수가 있었다. 단고기는 평양 시내의 번화가를 버스로 오갈 때 잡화 상점이나 남새 가게나 정육 가게나 이발소나 식당 등 다른 어떤 상점 것보다도 큰 간판을 버젓이 올려붙인 단고기집들을 지나치며 이미 익힌 이름이었다. 언제부터인가 영양탕이니 사철탕이니 하는 이상한 이름으로 기죽어 있는 서울과는 다른 풍경이었다.

단고기 먹으러는 안 갑니까?

사내가 물었으나, 안내원은 무슨 대답을 할 듯 말 듯하더니 버스에 올랐다. 묘향산의 이름난 보현사를 찾아가는 아침에 개고기 타령은 웬 말인가 하고 나는 머리를 흔들었다. 개에게도 불성(佛性)이 있습니까? 누가 물었더라? 그리고 있다는 대답이었더라, 없다는 대답이었더라? 나는 공부 높은 스님들의 선문답을 읽었던 기억을 되살리려고 애썼다. 없다고 대답한 사람은 조주스님이라고 기억되었다. 불성은 모든 것에 깃들어 있건만 왜 하필 개에게는 없다는 것일까. 그래서 참선의 화두 가운데 없을 무(無)가 가장 보편적인 것이 되었다고 했었다. 나로서는 어려운 이야기였다.

버스는 길가에 코스모스가 피어 있는 고속도로를 북쪽으로 달렸다. 묘향산 관광은 기대에 찬 것이었다. 묘향산은 백두산과 함께 수없이 들어온 산 이름이었다. 어떤 사람은 금강산보다 묘향산을 더 친다고도 했었다. 이름조차 묘한 향기 그 자체였다. 얼마를 달려 산어귀의 냇물을 보면서부터 내 기대는 한

층 부풀었다. 부드러운 산세에 울창한 숲에 나는 비로소 북쪽의 자연과 진정으로 만나는 듯했다. 산에는 갓 단풍이 들기 시작한 나무들과 아직 푸른 나무들이 어우러져 조화를 이루고 있었다. 버스가 멎은 곳은 말끔하게 가다듬어져 있는 넓은 마당 한옆이었다.

어?

버스에서 내려 심호흡을 하던 나는 놀라지 않을 수 없었다. 마당을 굽어보고 있는 우람한 건물 앞에 기념물 보관소라는 간판이 보였던 것이다. 마당은 그 건물을 위한 것이었고, 그 앞에는 북쪽 사람들이 질서정연하게 줄을 서 있었다.

수령님께서 받으신 선물들을 모두 모아놓은 곳입니다.

나는 뒤늦게야 우리가 묘향산을 보러 온 게 아니라 그것을 보러 온 것임을 알 수 있었다. 건물은 양쪽에 두 동이었고, 진귀한 물건들로 가득히 채워져 있다고 했다. 나는 시키는 대로 건물 안으로 들어가, 휴대품을 맡기고 인도의 사원에서처럼 구두 위에 덧신을 신고 그곳 여자 안내원의 뒤를 따랐다. 잘못하다간 길을 못 찾는다는 말 그대로, 미로와 같은 복도가 아니라 미로라고 할 수밖에 없는 복도를 어김없이 따라다닐 수밖에 없었다. 아닌 게 아니라 방방이 선물들로 빼곡히 진열되어 있었다. 수십만 점에 달한다는 그 많은 물건들을 안내원은 어느 나라 누가 드린 것이라며 일일이 설명했다. 세계 여러 나라는 그만두고 우리나라와 연관해서는 박정희 대통령이 이후락 밀사를 통해 가져다준 도자기도 있었고, 정주영 회장의 현대자동차에 전두환 대통령과 노태우 대통령의 도자기와 나전칠기도 있었다. 에이스 침대도 있었다. 하여튼 지루하게 많기는 많아서, 몇 시간 동안 미로를 쫓아다녀야 했는지 모른다. 그리고 허기지고 목마른 상태가 되어 마지막 방에 이르렀다.

뒷짐을 지지 마시오.

안내원이 누군가에게 주의를 주며 우리를 두 줄로 세웠다. 나는 어리둥절 서 있었다. 잠깐 침묵이 흐른 뒤에 앞의 육중한 문이 스르르 옆으로 열렸다. 눈에 익은 사람의 모습이 나타났다. 김일성이었다. 그 밀랍 인형이었다. 인민복 차림의 그는 웃음 띤 얼굴로 당당하게 서서 금방이라도 우리를 그러안고 조국의 품으로 온 걸 환영하오 하는 투로 말할 것만 같았다. 꽤 오래전에 한 남쪽 국회의원이 거기에 응답하듯 고개를 숙이고 경의를 보였다고 해서 이러쿵저러쿵 문제가 있었던 그 밀랍 인형이었다. 나도 자칫 예의상 고개를 수그릴 뻔했다. 그토록 잘 만든 밀랍 인형이었다. 대학에 다닐 무렵 은사인 김형석 교수가 한 말이 머리를 스쳤다. 평양에 김일성 장군이 왔다고 해서 공설 운동장에 나가봤더니 이웃에 살던 영주였지. 항일 투사인 김일성치고는 너무 젊었어. 곧이어 당에서 내게 평안남도 인민위원장을 시키길래, 큰일나겠다 싶어 남쪽으로 내려와버렸어.

머리가 어질어질하고 발바닥이 아프게 미로를 헤맨 끝에 바깥 공기를 쐬자 조금은 살 것 같았다. 묘향산에 와서 아프리카 바닷가의 조개껍데기나 남태평양 어느 섬의 산호나 시베리아 어디의 사슴뿔 따위를 보느라 기진맥진하다니, 헛웃음만 나올 뿐이었다. 단군굴은커녕 보현사로 가는 것마저 아득하게 여겨졌다.

묘향산 호텔에서의 점심시간은 사람들로 뒤엉켜 북새통이었다. 역시 호텔은 대규모였으나, 화장실은 소변기가 두 개뿐 옹색하기 그지없었다. 보통 한식이 차려져 나왔는데, 묘향산의 취, 고사리, 참나물, 도라지, 버섯 등을 함께 넣어 끓였다는 된장국이 특징이었다. 나는 옆자리 사람이 기념품 가게에서 샀다는 참나무 열매 술을 한 잔 얻어 마시고 식사를 끝냈다. 참나무 열매란 도토리를 말했다. 독한 술이었다.

그리고 버스를 타고 움직였는가 하자 바로 보현사였다. 복원을 했는지는 몰라도 절은 상당히 온전한 모습을 갖추고 있었다. 다만, 도량으로서의 엄숙함과 활력이 없이 어딘가 방치되어 있다는 스산함이 전해져 왔다. 뜰에는 백일홍과 금잔화가 무리를 지어 피어 흔들렸고, 한옆으로는 엉뚱하게 화강암, 현무암, 사암 등등 푯말을 단 돌들이 무슨 광석 연구소처럼 진열되어 있었다. 가사를 걸치고 스님 복색을 한 사람이 실은 관리인이라는 말을 오기 전부터 들었던 터라 나는 말 한마디 붙이지 않고, 대웅전의 불상에 배례하고 불전함에 약간의 시주를 했을 뿐이었다. 고려 시대 절이라면 일단 흥미가 없었다. 절은 오랜 역사를 가지고 있어야 한다고 나는 생각해왔다. 오래된 것은 진리라는 말이 한몫 거들었을까도 모르겠다. 예컨대 창건자가 원효(元曉)니 의상(義湘)이니 자장(慈藏)이니 해야 그런가 하고 다시 한 번 둘러보게 되는 것이었다. 이런 심리 때문에 아무런 상관도 없는 절에 그들의 이름을 올려놓는 병폐가 따랐다고는 해도, 어쩔 수 없이 나는 그랬다.

원효와 의상, 그리고 자장. 아무렇게나 불렀건만, 이들은 모두 신라 사람이었다. 고구려나 백제 사람으로 이름난 스님은 기억에 없었다. 기억에 없다는 건 기록에 없다는 걸 뜻했다. 《삼국유사》에 따르면 우리나라에 공식적으로 불교가 들어온 것은 고구려와 백제가 신라에 앞서 있었다.

고구려 – 소수림왕 때인 372년, 중국 전진나라의 부견 임금이 순도(順道)스님에게 시켜 불상과 불경을 보냈다. 또 이태 뒤에 진나라에서 아도(阿道) 스님이 왔다. 그 이듬해 초문사라는 절을 세워 순도를 있게 하고 이불란사라는 절을 세워 아도를 있게 했다. 이것이 고구려 불교의 시초이다.

백제 – 침류왕 때인 384년, 진나라에서 마라난타(摩羅難陀) 스님이 와서 궁중에 모셨다. 이듬해 절을 세우고 열 사람이 스님이 되니 이것이 백제 불교의 시초이다.

신라는 어떤가.

위와 같은 두 나라의 기록과는 좀 달리 신라에는 눌지왕 때에 고구려에서 묵호자(墨胡子) 스님이 일선군 모례(毛禮)의 집으로 와서 사람들은 땅굴을 짓고 모셨다는 기록이 앞에 나오긴 하지만, 정확한 연대가 없었다. 제19대 눌지왕은 417년에 왕위에 올라 458년에 세상을 떠났다. 왕이 된 첫해에 묵호자가 왔다고 쳐도 백제보다 33년이나 늦다는 계산이 나왔다. 게다가 제법 긴 사연이 뒤따랐다.

묵호자가 땅굴에 들었을 무렵 중국 양나라에서 의복과 향을 보내왔다. 임금과 신하들은 그 향의 이름과 쓰임새를 몰라서 전국에 두루 묻게 하였다. 드디어 묵호자가 나섰다.

"이것은 향이라는 것이오. 이걸 태우면 꽃다운 향기가 퍼져올라 그 정성이 거룩한 마음을 사무치게 한다오. 이걸 사르고 빌면 반드시 영험이 있으오리다."

이때 왕녀가 병에 걸려 위독하므로 묵호자를 불러 향을 사르고 빌게 하였다. 그러자 왕녀의 병은 씻은 듯이 나았다. 왕은 기뻐하며 예물을 듬뿍 주었다.

여기서 《삼국유사》는 얼마 후 그는 어디로 갔는지 알 수 없었다고 적어놓음으로써 신라의 불교 전래는 오리무중이 되고 만다. 그런 다음 제21대 비처왕 때에 이르러 불교는 다시 머리를 내밀고 있다. 아도 스님이 세 사람을 데리고 역시 모례의 집으로 오는 것이다. 그의 생김새는 묵호자와 비슷했으며, 몇 년 동안 살다가 세상을 떠났다. 그런데 데려온 세 사람이 그대로 머물러 살면서 불경을 읽고 계율을 말하므로 조금씩 믿는 사람이 생기게 되었다고 했다. 아도에 대하여 《삼국유사》에서 더 읽어보기로 한다.

아도는 본래 위나라의 사신이 고구려에 왔다가 여자와 관계를 맺어 낳은 아들이다. 어머니는 그를 다섯 살에 절로 보냈고, 열다섯 살이 되어 아버지를 찾아 위나라로 가서 불교를 공부하고 돌아왔다. 어머니는 신라에 거룩한 왕이 나와 불교를 크게 일으킬 거라고 말하며 그를 신라로 보냈다. 아도는 신라 궁궐에 들어가서 불교를 퍼뜨릴 것을 주장했다. 그러나 뭇사람들이 여태껏 듣지도 보지도 못한 것이라며 그를 죽이려고까지 하므로 그는 모례의 집에 삼 년 동안 숨어 지내야 했다. 마침 공주가 병이 들어 도무지 손쓸 길이 없다는 말을 들은 그는 궁궐로 들어가 낫게 해주었다. 왕은 기뻐서 그에게 소원을 물었다.

"저는 다른 아무 소원이 없습니다. 다만 동쪽 숲 속에 절을 짓고 불교를 일으켜 나라의 복을 받들게 해주십시오."

"그렇게 하라."

아도는 보통 집과 다름없이 질박하고 검소한 집을 짓고

> 띠로 지붕을 이어 영흥사라고 부르고 그곳에 살면서 불교를 말했다. 하지만 얼마 안 가서 왕이 세상을 떠나자 사람들은 아도를 없애려고 했다. 아도는 모례의 집으로 돌아와 스스로 무덤을 만들고 목숨을 끊고 말았다.

슬픈 결말이었다. 아도는 고구려의 불교 전래에서도 이름이 보이는 스님이며, 묵호자와 비슷한 생김새였다. 묵호자란 시커먼 오랑캐 종자쯤으로 불리는 별명이었다. 옛날 달마가 서역에서 처음 왔을 때도 사람들이 눈 파란 오랑캐(碧眼胡)라고 불렀었다. 《삼국유사》는 이 아도와 묵호자가 두 사람이 아니라 실은 한 사람이라고 단정하고 있다. 모례는 털이 많아서 붙여진 이름인 털네를 한자로 옮겨놓은 것이었다. 예전 시골에서는 예 혹은 례자를 뒤에 단 이름이 많았었다. 이를테면 방영웅의 소설에서 주인공 분례(糞禮)는 똥네의 한자 표기였다. 털 많은 사람이란 외래 민족을 뜻한다고 풀이할 수 있었다. 오랜 시간을 두고 묵호자와 아도가 연달아 숨어 들어간 외래 민족 털네의 집의 기록 뒤에는 분명 어떤 드라마가 있음 직했다. 어쨌든 신라에의 불교 전래는 그리 순탄하지만은 않았음에 틀림없었다.

하지만 비처왕 때 불교가 들어와 퍼져 있었다는 사실은 다음과 같은 기록에서도 확인된다. 《삼국유사》의 '거문고집을 활로 쏘다(射琴匣)'는 기록이다.

488년, 왕이 천천정이라는 정자로 거둥했는데, 까마귀와 쥐가 와서 울었다. 그리고 쥐가 사람 말로 아뢰었다.
"까마귀가 가는 곳으로 따라가보시옵소서."
왕은 군사에게 까마귀를 좇아가게 했다. 군사는 피촌 마을에 이르러 돼지 두 마리가 서로 싸우는 걸 보느라고 그만 까마귀를 놓쳐버렸다. 길가에서 우왕좌왕하고 있자니, 웬 노인이 못에서 나와 편지를 올렸다. 겉봉에는 '떼어 보면 두 사람이 죽고 떼어 보지 않으면 한 사람이 죽는다'고 씌어 있었다. 군사는 돌아와 왕에게 편지를 올렸다.
"두 사람이 죽을 바에야 떼어 보지 않고 한 사람이 죽는 게 낫겠다."
왕은 말했다. 그러자 점치는 관리가 나섰다.
"두 사람이라는 것은 일반 백성이요, 한 사람이라는 것은 임금님입니다."

그 말을 들은 왕은 편지를 떼어 보았다.

'거문고집을 활로 쏘라!'

안에 씌어 있는 글이었다.

궁궐로 돌아온 왕은 편지에 시킨 대로 거문고 집을 활로 쏘았다. 놀랍게도 그 속에는 중과 궁녀가 숨어 어울려 있었다. 왕은 두 사람을 처형했다.

이 기사에 '중'의 존재가 나옴으로써 불교는 이미 궁중에까지 들어와 있었음을 잘 나타내는 기록으로 알려져 있다. 그런데 까마귀와 쥐는 무엇을 뜻하며, 거문고집이 얼마나 컸으면 두 사람이 숨어 있었을까. 그건 그렇다 치고, 궁녀와 간통하는 중을 구태여 내세워 불교를 부정적으로 그리고 있다는 점과, 그들이 설사 그렇다 하더라도 '한 사람'인 왕의 목숨까지 죽게 만들 수 있느냐 하는 점은 여러 가지 배경을 따져볼 요소가 있다고 하겠다.

그러므로 신라에 불교가 뿌리를 깊이 내리자면 이차돈(異次頓)이라는 특별한 사람의 존재가 필요했다. 그의 죽음을 딛고 신라는 삼국 가운데 가장 불교적인 나라가 되어 특유의 꽃피는 나라, 열매 맺는 나라로 나아갔다.《삼국유사》는 이차돈 이야기를 다음과 같이 적어놓고 있다.

> 이차돈의 성은 박씨, 본디 이름은 염촉(猒)이었다. 송죽 같은 절개와 거울 같은 지조를 품었으며, 거룩한 왕조의 충신이 되고자 했다. 22세에 궁중의 비서 격인 사인 벼슬에 올라 임금의 얼굴만 보아도 마음을 읽어냈다. 그 무렵 제23대 법흥왕은 불교를 깊이 믿어 절을 세우려고 마음먹고 있었다. 그러나 신하들은 왕의 뜻을 알아차리지 못하고 신성한 계획을 좇지 않았다.
>
> "슬프다! 내가 덕이 없어서 나라를 다스려도 위로는 음양의 조화를 깨뜨리고 아래로는 뭇 백성의 기쁨이 없구나. 이에 불교의 교화에 뜻을 두었거늘 그 누구와 함께할거나."
>
> 왕은 탄식했다. 그 뜻을 알아차린 이차돈이 왕에게 아뢰었다.
>
> "옛날 사람들은 한낱 나무꾼에게도 계책을 물었다 하옵니다. 황공하오나 제가 나서겠습니다."
>
> "네가 할 바가 못 된다."

"나라를 위하여 몸을 희생하는 것은 신하의 절개이며, 임금을 위하여 목숨을 바치는 것은 백성의 의리이옵니다. 그릇되게 말을 전했다는 죄로 저를 벌하여 머리를 벤다면 만민이 복종하여 감히 뜻을 어기지 못할 것입니다."

"살점이 에는 고통을 당할지라도 새 한 마리 희생하면 안 될 것이요, 피를 뿌리고 목숨이 끊어질지라도 뭇 짐승을 불쌍히 여겨야 하거늘, 내 뜻이 비록 옳다 하나 어찌 죄 없는 사람을 죽인단 말이냐!"

"버리기 어려운 것 가운데 목숨보다 더한 것이 있겠사옵니까. 제가 만약 오늘 저녁에 죽는다면 이튿날로 드높은 불법이 퍼져 부처님 해가 하늘에 떠오르고 대왕께서는 길이 편안하시오리다."

"봉황의 새끼는 어려서부터 하늘로 솟을 뜻을 가지고, 큰 기러기와 고니의 새끼는 나면서부터 바다를 건너갈 기세를 품으니, 그대야말로 보살의 마음을 지녔구나."

그런 뒤 왕은 나아가 짐짓 위풍을 차려 병장기를 삼엄하게 늘여 세우고 신하들을 불러들였다.

"그대들은 내가 절을 세우려는데 어찌하여 주저하며 듣

지 않는가?"

신하들은 벌벌 떨며 서로 손가락질만 할 뿐이었다. 그러자 왕은 이차돈을 불러 다시 힐책했다. 그는 깜짝 놀란 얼굴로 말을 못했다.

"저자의 목을 베라!"

노한 왕의 명령에 관원들이 그를 묶어 끌어냈다. 이차돈이 뜻을 발원했다.

"임금님이 불교를 진흥시키고자 하시매 저는 신명을 돌보지 않겠사오니, 한없이 오랜 세월에 인연을 맺으시와 하늘은 상서로운 징조를 내려 뭇사람들에게 보여주소서."

그의 발원 맹세가 끝나고, 옥사정이 목을 베었다. 그러자 목을 벤 자리에서 붉은 피 대신에 흰 젖이 한 길이나 솟아났다. 하늘이 온통 침침해지면서 저녁 햇살이 캄캄해지고 땅이 흔들리고 꽃비(雨花)가 나부꼈다. 왕은 애통하여 구슬픈 눈물로 곤룡포를 적시고 신하들은 근심하여 머리에 쓴 사모가 땀에 젖었다. 갑자기 샘물이 말라 물고기들이 뛰고, 나무가 꺾여 원숭이들이 떼 지어 울었다. 함께 놀던 벗들은 피 어린 눈망울로 서로 마주 보고 창자가 끊어지듯 이별을 애석해했다.

"옛날 중국의 개자추라는 사람이 어려운 시절 임금에게 자기 살을 베어 먹이고, 홍연이라는 사람은 임금을 위하여 배를 갈랐다는데, 어찌 이차돈의 장렬함에 견줄 것인가. 이는 임금의 믿음을 붙들고 아도의 본마음을 이룬 일이니, 성스럽도다."

사람들은 슬퍼하고 우러러보았다. 전설에는 그의 베인 머리가 날아가 떨어진 곳에 장사지냈다고 했는데 이 전설은 어찌된 것인지 잘 알 수 없다. 그의 아내도 애통해 하며 자추사(刺楸寺)라는 절을 지었다. 이로부터 누구든 불공을 드리면 대대로 영화롭게 되고 불교 이치의 이로움을 알게 되었다.

이차돈의 순교 이야기였다. 목을 베는 빌미로 이와 조금 다른 이야기도 전해진다. 이차돈이 왕의 명령이라고 절을 세우겠다고 하므로 신하들이 그만두기를 청했으며, 이에 왕이 이차돈에게 거짓 왕명을 전했다고 그의 목을 베었다는 것이다. 어쨌든 이런 과정을 거쳐 불교를 확고히 받아들인 법흥왕은 없어진 불교를 다시 일으켜 흥륜사 절을 세운 다음 왕으로서의 면류관도 벗어버리고는 친척들을 절의 노비로 바치고 스스로 주지가 되어 불교를 널리 퍼뜨리는 일에 앞장섰으며, 왕비 역시 영흥사라는 절을 세우고 비구니가 되었다고 《삼국유사》는 적어놓고 있다.

《삼국유사》에는 고구려의 보덕 스님이 잠깐 언급될 뿐 온통 신라의 스님들만 등장한다. 자장, 원효, 의상 말고도 원광, 보양, 양지, 혜숙, 혜공, 진표, 승전, 심지, 대현, 밀본, 혜통, 명랑, 지혜 등등. 그들의 이야기는 많고도 길었다. 신라가 워낙 불교 국가이기도 하려니와, 아울러 《삼국유사》를 쓴 일연(一然) 스님이 경상도 경산군, 즉 옛 신라 땅 사람이라는 점도 작용했으리라고 연구자들은 말한다.

일연 스님이 《삼국유사》를 쓴 경상북도 군위군의 인각사(麟角寺)에 K와 함께 갔었다. 은해사의 말사인 거조암에 들러 그 수많은 나한상을 보고 마애불상도 보고 산채비빔밥으로 점심을 먹은 뒤 도착한 인각사는 우리 둘을 실망시켰다. 옛 절은 흔적도 없이 얼마 전에 새로 지은 절이기 때문이었다. 일연 스님을 기념하여 지은 전각은 있었지만, 스님의 옛 자취도 찾아볼 수 없었다. 그나마 옛터를 발굴하는 곳에서 파묻힌 유적이 조금씩 발견되어 다행이라면 다행이었다. 고등학교 때 일연-

《삼국유사》 하고 줄긋기로 잇는 시험을 치르곤 했던 기억도 그 파묻힌 유적에서 살아나는 듯싶었다. K와 나는 인각(麟角)의 한자 풀이가 기린의 뿔이라는 데서 더욱 그 절에 어떤 의미를 두어왔었다. 우리는 당연히 기린의 뿔을 발견하지 못한 채 터덜터덜 서울로 돌아오고 말았다. 하지만 K가 내게서 멀어져 가고 난 다음, 어느 날 문득 다시 기린의 뿔에 생각이 미쳤을 때, 나는 그것이 거기 애기똥풀꽃 가득 피어 있던 뒤란 어딘가에 있었다는 믿음을 품기 시작했다. 동양의 기린은 오늘날 동물원에서 보는 기린이 아니라 상상 속의 동물이었다. 불교에서는 상상 동물 기린의 뿔이 하나인 데 연유하여, 홀로 닦아 깨닫는 것을 뜻한다고 했다. 내가 홀로 깨닫긴 뭘 깨달을까마는, 그곳에서 기린의 뿔을 보려고 했다면, 그로써 우리는 이미 본 게 아닐까 싶었다. 노란 애기똥풀꽃이 이미 충분히 보여주었다고도 받아들여졌다. 자취 없는 자취가 남아 있는 것이 이 세상이었다.

일연 스님이 인각사에 자리 잡은 것은 가까운 곳에서 늙은 어머니를 모시려는 뜻이었다고 누군가가 말해주었다. 출가승이 속세의 어머니를 그리며 모신다는 것은 불교의 교리와는 어긋나는 것이긴 했다. 게다가 그는 나라에서 추앙받는 큰스님의 위치에 있었다. 그러나 그는 어머니를 지극히 모셨다. 그가《삼국유사》를 쓴 충렬왕 무렵은 고려가 몽골족의 원나라에 복속하여 머리를 조아리던 시대였다. 원나라에 충성한다는 충 자가 붙은 충렬왕, 충숙왕, 충혜왕, 충목왕 등 왕들은 모두 원나라 공주를 왕비로 맞아들여야 했다. 그들은 모두 원나라 황제의 사위들이었다. 충렬왕의 왕비는 칭기즈 칸에 이어 황제가 된 쿠빌라이 칸의 딸이었다. 바야흐로 고려가 멸망을 향해 어지러운 발걸음을 옮겨가던 시기이기도 했다.

서산대사의 영정이 걸려 있는 전각을 뒤로 하고 나는 보현사를 빠져나왔다. 데엥데엥. 아까부터 누군가 쉴 새 없이 범종을 쳤다. 아무나 치면 치는 대로 내버려두고 있는 실정이 절의 운영 상태를 그대로 드러내고 있었다. 저렇게 쳐대면 얼마 못 가서 종이 깨지고 말 거라고 옆에 있던 사람이 혀를 찼다. 데엥데엥데엥. 종소리는 여전히 들려왔다. 범종을 치는 것은 문종성번뇌단(聞鐘聲煩惱斷), 곧 종소리를 듣고 번뇌를 끊으라는 뜻이라고 배웠다. 종이 두드려지는 부분에 새겨져 있는 짐승은 고래를 두려워한다고 했다. 그래서 종을 치는 나무는 고래에 비유된다. 고래가 다가오면 짐승은 두려움에 못 이겨 바르르 떨게 마련이다. 종은 쳐지기도 전에 바르르 떨며 드디어 고래를 받아들인다. 데엥…… 그리하여 두려움을 모두 토해내면 평화를 얻는다. 종소리는 평화로 공명된다. 데엥…… 그러나 지나가는 사람마다 함부로 두드리는 종소리는 그냥 고철 두드리는 소리에 지나지 않는다. 나는 담배를 피워 물고 고철 소리에 마음이 상했다.

눈을 들어 산세를 둘러보는 것만으로 묘향산 관광은 끝내지 않을 수 없었다. 단군굴은 어디에 붙어 있는지도 모를 일이었다. 안내원도 모르리라 생각되었다. 북쪽에서 새로 만들었다는 단군릉도 진짜인지 가짜인지 모른다는 판국에 곰에게 마늘을 먹인 굴의 정체를 굳이 들먹이는 내게도 문제가 있었다. 나는 점심때 마신 술이 환기되어 기념품 가게에서 참나무 열매 술을 사들었다. 실은 나무로 깎아 만든 호리병을 기념으로 가져가려는 마음이 컸다. 10달러짜리를 냈더니 거스름돈이 없다고 나무젓가락을 대신 주었다. 소련이 무너지고 난 직후 러시아에서도 겪은 일이었다. 그때는 잔돈이 없다고 성냥개비 하나를 1루블로 쳐서 거슬러 주었었다. 예전에 소련이 미국과 힘을 겨루었던 시절에는 1루블이 1달러와 맞먹었다는데 말이었다. 아무짝에도 쓸모없는 성냥개비들을 몇 개씩 받아와서 책상 위에 굴려놓고 나는 오랫동안 실소할 수밖에 없었다. 그리고 2개월 동안 수북하게 쌓인 성냥개비들을 그대로 둔 채 울리차 푸시키나(푸시킨 거리)의 아파트를 물러나왔다. 성냥개비는 적린과의 마찰 없이는 불꽃이 일지 않아 쓰려야 쓸 수조차 없는 것으로, 그에 견주면 나무젓가락은 훌륭한 편이었다.

이제 앞에 나온 신라의 세 스님을 《삼국유사》에 실린 순서대로, 적혀 있는 그대로 우선 살펴보기로 한다.

> 자장 스님은 김씨로서, 일찍이 부모를 여읜 뒤 시끄러운 세상이 싫어져서 원녕사 절을 세우고 깊숙한 산 속에서 이리와 호랑이를 피하지 않으면서 홀로 허무한 삶을 화두로 붙잡아 공부를 게을리 하지 않았다. 명망이 높아지자 왕이 재상 자리를 맡으라고 몇 번이고 불러들였으나 듣지 않았다.
>
> "오지 않으면 목을 베리라."
>
> 왕은 윽박질렀다. 그래도 자장은 듣지 않았다.
>
> "백 년을 파계하고 사느니 하루를 살지라도 계율을 지키고 살겠소이다."
>
> 이 말에는 왕도 하는 수 없었다. 자장은 바위굴 속에 숨어 살아 굶주리기 일쑤였다. 그러자 이상한 새가 날아와

과일을 가져다 바치곤 했다. 그 뒤 꿈에 하늘 사람의 계율을 받고 마을에 내려와 많은 사람들에게 불교의 감화를 주었다. 그리고 당나라로 가서도 황제의 총애를 받았으나 이 역시 번거로워 산비탈 바위에 집을 짓고 살았다. 어느 날 문수보살의 석상에 가서 기도한 뒤 꿈에 네 구절의 가르침을 받았으나, 모두 산스크리트 말이어서 알 수가 없었다. 그런데 아침에 한 스님이 가사 한 벌과 부처가 쓰던 바리때 한 벌과 부처의 두골 한쪽을 가지고 와서 왜 그렇게 넋을 잃고 있느냐고 묻고는 꿈 이야기를 풀이해주었다.

"그것은 불교 이치를 다 알았다는 것, 자기의 본성이란 아무것도 없다는 것, 불교 이치를 이렇게 해석한다는 것, 부처를 본다는 것, 네 구절이오."

그리고 신라의 명주 땅 오대산에 1만이나 되는 문수보살이 머물러 있으니 가서 만나라고 말하고는 사라져버렸다. 자장은 신라에 불경과 불상이 얼마 되지 않으므로 대장경과 여러 가지 불교용품들을 가지고 돌아왔다. 선덕여왕은 그를 분황사에 머물게 하고 극진히 모셨다. 그가 황룡사에서 법문을 펴자 하늘에서 단비가 내리고 구름과 안개가 캄캄하게 끼어 사람들은 그 이상함에 감복했다. 왕은 그를 불교를 총괄하는 벼슬인 대국통에 임명했다. 그는 또 양산의 통도사와 강릉의 수다사와 태백산의 정암사를 세웠다. 정암사의 옛 이름은 석남원이었는데, 이 절을 세울 때의 이야기가 전해온다. 수다사에 머물던 어느 날 꿈에 한 스님이 나타나서 말했다.

"내일 너를 만나리라."

그는 꿈에서 깨어나 만나리라는 곳으로 갔다. 과연 문수보살이 앞에 나타나므로 그는 불법에 대해 물었다.

"태백산에서 다시 만나자."

문수보살은 한마디 던지고는 사라졌다. 자장은 태백산으로 가서 문수보살을 기다렸다. 그때 큰 구렁이 한 마리가 나무 아래 사리고 있는 게 눈에 띄었다.

"바로 여기로구나."

자장은 그곳에 석남원을 세우고 여전히 문수보살을 기다렸다. 얼마 뒤 남루한 옷을 걸친 한 노인이 칡삼태기에 죽은 강아지를 담아 가지고 와서 말했다.

"내가 자장을 만나러 왔다."

문지기는 어이가 없었다.

"스승님을 모신 이래 감히 이름을 부르는 사람을 못 보았거늘 대관절 누구인가?"

"네 스승에게 전하기나 하려무나."

이 말을 전해 들은 자장은 대수롭지 않게 여겼다.

"미친 사람인가보군."

문지기는 달려나와 노인을 욕하며 쫓아냈다.

"돌아가리라, 내 돌아가리라. 자기만 아는 사람이 어찌 나를 보리."

노인은 삼태기를 엎어서 털었다. 그러자 개가 사자 보좌로 변하여 그를 올려 앉히고 휘황한 빛을 뿜다가 사라졌다. 이를 안 자장은 부랴부랴 그 빛을 좇아 고개 위로 달려갔다. 그러나 그 빛은 벌써 까마득하여 따를 수가 없었다. 자장은 마침내 거기 쓰러져 세상을 떠났다.

원효 스님은 설씨로서, 어려서부터 혼자 공부하여 여러 지방을 돌면서 불교를 퍼뜨렸다. 하루는 그가 거리에서 외쳤다.

"자루 없는 도끼를 누가 빌려주겠는가. 하늘을 받칠 기둥을 찍어오려니."

사람들은 그 말의 뜻을 아무도 알 수 없었다. 그러나 태종무열왕이 듣고 풀이했다.

"아마 귀한 집 딸을 얻어 착한 아들을 낳겠다는 게다. 나라에 큰 인물이 있는 것보다 더 큰 복이 어디 있겠느냐."

마침 요석궁에 홀로 된 공주가 있기에 왕은 그를 불러들이기로 했다. 관리는 찾아다니다가, 남산에서 내려와 개울 다리를 건너는 원효를 만났다. 때맞춰 원효는 일부러 물에 떨어져 옷을 적셨다. 관리는 그를 요석궁으로 데려가 옷을 갈아입히고 젖은 옷을 말렸다. 원효가 이를 빌미로 궁에 얼마 동안 머문 결과, 그 뒤에 공주에게 태기가 있어 설총(薛聰)을 낳았다. 설총은 어려서부터 명민하여 학문과 역사에 통달했고, 신라 10대 어진 이에 들었다.

이렇게 계율을 범한 원효는 그로부터 속인의 옷차림을 하고 스스로를 소성거사(小性居士)라고 불렀다. 그러다가 우연히 광대들이 가지고 노는 큰 바가지를 얻었는데 그 모양이 기이하길래 절에서 쓰는 도구를 만들어 무애(無)라고 이름지었다. 《화엄경》에 나오는 일체 거리낌 없는 사람은 삶과 죽음조차 벗어난다는 구절의 거리낌 없는 사람(無人)에서 따온 이름이었다. 그는 이것을 들고 마을마다 돌아다니며 노래하고 춤추어 불교의 진리를 사람들에게 전했다. 사람들은 어중이고 떠중이고 할 것 없이 모두 부처의 이름을 알게 되고 불경 한 구절씩은 외게 되었다. 그의 교화는 그만큼 컸다.

원효라는 뜻은 우리말로 첫새벽이며, 부처의 광명이 처음으로 빛난다는 것이다. 그는 분황사에서 《삼매경소》와 《화엄경소》 등 불경을 해석한 책들을 쓰면서 말년을 보냈다. 그가 세상을 떠나므로 설총은 해골을 부수어 그의 모습을 만들어 분황사에 모시고 경모했다. 설총의 예배를 받고 그 모습이 문득 돌아보았다고 하는데, 이제껏 몸을 돌린 채로 있다.

의상 스님은 김씨로서, 29세에 경주의 황복사에서 출가했다. 얼마 뒤 원효와 함께 중국으로 가려다가 변방의 수비군에게 첩자로 몰려 몇십 일 동안 붙잡혀 있다가 간신히 돌아왔다. 그래도 뜻을 품고 있던 그는 마침내 중국으로 가서 당나라 수도 장안의 남산에 있는 지상사로 지엄 스님을 찾아갔다. 지엄 스님은 간밤에, 신라에 큰 나무가 자라 가지와 잎이 중국까지 뒤덮이는 꿈을 꾸었다. 나무 위에는 봉황새의 둥지가 있고 여의주 같은 구슬이 놓여서 그 빛이 멀리멀리 비쳤다. 의상을 맞이할 꿈이었다. 그는 여러 묘한 이치를 낱낱이 헤아리는 데 남달라서, 깊은 것을 파올리고 숨은 것을 찾아냈다.

고국으로 돌아온 의상은 태백산에 부석사(浮石寺)를 세우고 불교를 널리 펴서 영험이 많이 나타났다. 그리고 원주의 비마라사, 가야산의 해인사, 비슬산의 옥천사, 금정산의 범어사, 남악산의 화엄사 등에 이 가르침을 펴게 하는 한편《법계도서인》이라는 책을 써서 불교의 요긴한 이치를 종합해놓았다. 그가 황복사에 있을 즈음 제자들과 탑돌이를 할 때 보면 그의 발걸음이 허공에 떴고 제자들도 섬돌 위를 석 자나 떠서 허공을 밟고 돌았다.

그는 제자들에게 일렀다.

"세상 사람들이 이를 보면 틀림없이 괴이하다 할 테니 알게 해서는 안 된다."

이상이《삼국유사》에 실린 세 스님의 일대기였다. 그러나 다 읽고 나서 어딘가 아쉬움이 남았다. 불교를 어느 정도 받아들이고 있는 나로서도 그렇건만 불교와 관련이 없는 사람에게는 도무지 뜬구름 잡는 이야기일 수도 있었다. 《삼국유사》를 이리저리 뒤적거려보아도 마찬가지였다. 다른 페이지에, 자장이 돌아와 선덕여왕에게 큰 탑을 세우자고 하여 백제에서 아비지(阿非知)라는 사람을 불러 황룡사 9층탑을 세우게 한 구절이 눈에 띌 뿐이었다. 나는 K와도 한 번 갔었고, M과도 한 번 갔었던 황룡사 빈터를 머리에 새겨놓고 있었다. 분황사 앞의 너른 들이었다. 어마어마하게 큰 절임은 학자들의 말을 빌리지 않아도 충분히 가늠할 수 있었다. 그 가운데 9층탑은 또 얼마나 높았다고 했던가. 도목수 신영훈 선생은 요즘 기술로도 짓지 못하는 높이라고 했었다.

그리고 황룡사에 장륙(丈六) 불상을 만들어놓은 이야기에는 인도의 아육왕(阿育王), 곧 아소카 왕까지 등장하고 있다. 장륙이란 그냥 한 길 여섯 자 높이라는 뜻에 지나지 않았다. 이 장륙 불상은 황룡사 9층탑과 진평왕의 옥대(玉帶)와 함께 신라의 세 보물에 꼽혔다. 진흥왕이 황룡사를 세운 지 얼마 안 되어 남쪽 바다에 큰 배 한 척이 와 닿았다. 뒤져보니 글이 적혀 있었다.

'인도 아육왕이 세 불상을 만들려다가 완성하지 못하고 황철과 황금을 배에 실어 띄워보내니 원컨대 인연 있는 땅에 닿

아 장륙의 존귀한 모습이 되어지이다.'

고을 관리는 왕에게 달려가 알렸다. 왕은 그 황철과 황금을 실어다가 장륙 불상을 만들어 황룡사에 모셨다. 자장 스님이 중국에 갔을 때도 문수보살이 나타나 이 사실을 말하고 있다.

신라의 황룡사는 석가와 가섭불이 가르침을 베푼 곳이다. 그러므로 인도의 아육왕이 황철과 황금을 배에 띄워 오랜 세월이 지나 신라에 닿았고 불상을 만들어 모시게 되었다. 이는 부처님의 위엄과 인연이 시킨 것이다.

아소카 왕은 인도 마우리아 왕조의 제3대 왕이었다. 마우리아 왕조는 로마의 알렉산더가 인도까지 쳐들어왔다가 물러간 다음에 일어난 통일 제국이었다. 아소카 왕은 기원전 3세기 사람으로서, 인도의 남동부를 정벌하면서 전쟁의 참상에 대해 깊이 뉘우친 다음부터 무력에 의한 정벌을 멈추고 불교의 이념에 따른 윤리 정치를 폈다. 왕이 평정한 나라는 인도의 대부분 땅을 차지하고 날로 번성했으며 문화는 수준이 높아갔다. 왕은 자신이 아우른 영토 곳곳에 돌기둥을 세워 힘을 과시하며, 올바른 법으로 통치할 것을 약속하는 글을 새겼다. 글 중에는 자기 반성에 충실하고 형벌에 공정해야 한다는 것도 있다고 했다. 지금은 인도 사르나트의 박물관에 전시되어 있는 그들 돌기둥 가운데 하나에는 사자 네 마리가 사방을 바라보며 앉아 있었다. 백 루피짜리 동전에도 새겨져 있는 사자 돌기둥은 단정하고도 당당한 모양새였다. 그것은 인도 독립의 상징이라고도 일컬어졌다.

박물관을 보려고 그곳에 간 것은 아니었다. 나는 그 지역에 있는 녹야원(鹿野園)에 꼭 가고 싶었다. 그곳은 부처가 처음 설법을 한 곳이었다. 그날 기상 상태가 너무 나빠 비행기를 타는 것은 무리라고 하던 날이었지만, 나는 기어코 그곳으로 가야만 했다. 그리고 녹야원의 폐허를 둘러본 다음 부처가 처음 법륜을 굴린 탑 앞에서 사진 한 장을 찍고, 그 앞의 박물관으로 들어간 것이었다. 평화를 기원하는 왕의 이상이 사자의 권위 아래 지켜지고 있다는 걸 보려는 것이었을까.

기원전 3세기에 인도에서 아소카 왕이 띄운 배가 기원후 6세기에 신라에 닿았다는 것은 있을 수 없는 일이었다. 가라의 허왕후에서 보았듯이 인도에서 배가 왔다는 것은 있을 수 있었다. 그러나 아소카 왕과 진흥왕이 등장하는 이 사건에는 터무니없는 시간차가 놓여 있었다. 그러니까 이는 비록 사실이 아닐지라도 장륙 불상을 높이 받드는 뜻을 그만큼 잘 드러내는 기록이라고 읽으면 그만일 터였다.

그렇지만 여기에 혹시 무슨 비밀이 숨어 있는 건 아닐까. 아소카 왕이 불상 만들기에 실패했다는 기록에서부터 무슨 비밀이 숨어 있는 건 아닐까.

불상이 처음 만들어진 것은 알렉산더 대왕이 페르시아의 다리우스 대왕을 이기고 인도 북부까지 정복한 뒤 물러간 역사와 깊은 관련이 있다. 그의 정복 야욕에 업혀 그리스 문명이 동방으로 전해진 것은 자연스러운 일이었다. 그리스 사람들은 오래전부터 아름다운 사람 모양 조각을 만들었다. 오늘날 남아 있는 비너스나 아프로디테의 조각상은 이미 고대에 완성된 예술작품이었다. 그 조각 수법이 동방으로 전해지기에 이른 것이었다. 그리스의 조각이 알려지기 이전에는 불상이란 아예 없었다. 부처가 죽고 난 뒤에 그 모습을 되새길 만할, 기념할 만한 것은 아무것도 만들어지지 않았다. 그야말로 공(空)이 즉 색(色)이었다. 부처의 말대로 그의 가르침만이 스승이었다. 그러다가 그래도 안 되겠다고 해서 만들어진 것이 부처의 발바닥 모양이나 수레바퀴 모양이었다. 탑의 돌계단에 가지런히 새겨진 두 발바닥 모양처럼 아름다운 표현이 있을까. 오늘날에도 여러 절에서 보게 되는 불법(佛法)의 수레바퀴 모양처럼 온전한 표현이 또 있을까. 인사동의 화랑에는 지금도 가끔 부처 발바닥 그림이 나붙어서 나는 발걸음을 멈춘다.

그래도 후세 사람들은 무언가 모자란 마음이었다. 그때 그리스의 사람 모양 조각이 영향을 끼쳤다. 이로써 사람들은 불상을 만들기 시작했던 것이다. 그러므로 지금 아프가니스탄 땅의 간다라 지방에서 나온 불상에서 보듯이 처음 만들어진 불상은 그리스 사람의 모습을 닮은 부처의 모습이었다. 또 인도 북부 마투라에서는 그리스 영향을 안 받은 불상도 나타났다고 한다. 이렇게 인류 최초의 사람 모양 불상은 나타났으나, 그러나 그것은 기원후 2세기에나 와서의 일이었음을 기억할 필요가 있겠다. 이 불상 만들기가 중국으로 전해지고 드디어 한국으로 전해지는 것이다.

이렇듯 길게 늘어놓는 것은, 부처가 세상을 떠난 지 한 세기가 지난 아소카 왕 시대에도 불상이 아직 나타나지 않았다는 사실 때문이다.《삼국유사》에는 아소카 왕이 인도의 대부분을 통일했다는 사실이 기록되어 있다. 그렇지만 불상을 만드는 데 실패했으며, 신라의 진흥왕이 성공했다고 말하고 있다. 역시 장륙 불상에 대한 지극한 높임의 기록이랄 수밖에 없다.

황룡사는 몽골이 쳐들어왔을 때 통탄스럽게도 불타버리면서, 장륙 불상도 같은 운명을 맞았다. 분황사의 전탑을 뒤로하고 황룡사 너른 터를 바라보며 나는 소소히 불어오는 가을바람에 가만히 한숨지었다. 분황사의 전탑 아래쪽 바깥 네 귀퉁이마다에는 돌사자가 아소카 왕의 돌기둥 사자같이 앉아 있었다. 그러나 그 앞 너른 벌 어디선가에는 갈 곳 없는 잔나비 떼가 구슬프게 울고 있는 소리가 들리는 것 같았다. 그릇된 환청은 아니라고 나는 믿고 싶었다.

자장에 관한 이야기는 대충 여기서 마무리된다. 그다음, 분황사와도 인연이 있는 원효와 의상을 더 살펴보아야 한다.

위에서도 나왔듯이 원효와 의상은 함께 중국으로 가려고 고구려 땅으로 들어갔다가 그만 되돌아와야 했었다. 그리고 나중에 의상 혼자서 중국으로 간다. 이때의 일화는 우리에게 잘 알려져 있건만 막상 《삼국유사》에는 나오지 않는다. 원효와 의상이 두 번째로 중국을 향해 가다가 밤이 되었다. 기진맥진한 두 사람은 버려진 무덤가에 누워 잠이 들었다. 한밤중에 목이 몹시 말라 잠에서 깨어난 원효는 손에 잡히는 대로 물바가지 같은 데 담겨 있는 물을 벌컥벌컥 마시고 다시 잠이 들었다. 아침에 눈을 뜬 원효는 놀랐다. 간밤 어둠 속에서 마신 물이 담겨 있던 물바가지는 물바가지가 아니라 해골바가지였다! 뒹구는 해골에 고인 물을 그토록 달게 마셨던 것이다. 원효는 간

밤에는 물바가지였던 해골을 내려다보며 깨닫는 바가 있었다.

마음이 생기면 여러 일이 생기고, 마음이 없어지면 해골과 다르지 않다. 모든 게 결국 마음이라고 부처가 이미 말하지 않았던가.

사물 자체에는 맑음과 더러움의 구별이 없는 것이었다. 삶과 죽음이 한통속이며 마침내 헛된 것이었다. 이것이 그의 사상의 기본이 되며, 보다 깊은 뜻의 다툼 없는 어우러짐(和諍)의 근간이 된다. 이 깨달음을 얻은 원효는 의상을 떠나보내고 자신은 이 땅에 남는다. 그의 다툼 없는 어우러짐은 삼국 통일의 어수선한 분위기와 아픈 마음들을 쓰다듬는 정신이 되었고, 오늘에 이르러서도 이 세상 모든 다툼을 화합시키려는 정신으로 평가된다.

의상이 혼자 중국으로 가서 지엄 스님 밑에서 공부하고 돌아와 부석사를 세운 것은 위의 《삼국유사》 기록에도 나왔었다. 그런데 그와 연관된 선묘(善妙) 낭자와의 이야기는 언급되어 있지 않았다. 이는 《송고승전》이라는 책에 실려 있으며, 우리나라에는 1953년 사학자 민영규 선생이 〈의상과 선묘〉라는 글을 발표함으로써 눈길을 끌게 되었다고 했다. 대학 때 선생의 동양 중세사 강의를 들었던 나는 새삼스러웠다. 학점이 남아 다른 과의 과목을 가외로 신청했었다. 그리하여 인도로부터 중국에 와서 많은 불경을 번역한 구마라습은 서양의 베드로와 같은 존재라는 말을 들은 것도, 화살은 이미 신라를 떠났다는 《벽암록》의 아리송한 구절에 대해 숙제를 받은 것도 선생에게서였다. 화살은 뭐며 더군다나 신라는 왜 거론되었단 말인가. 《벽암록》은 12세기 초에 중국에서 편찬된 책으로, 선(禪)을 공부하는 사람에게는 필독서였다.

선묘는 의상을 사모하여 여러모로 그를 돕고 따른 여자였다. 공부를 마친 의상이 중국을 떠나 신라로 돌아오려고 그녀를 찾아갔으나 그녀는 하필 집에 없었다. 하는 수 없이 의상은 배에 올랐다. 이 말을 들은 선묘는 바닷가로 달려갔다. 멀리 저어가는 배를 바라보며 선묘는 통곡했다. 그러나 바다 한가운데로 나아가던 배는 갑자기 거센 풍랑을 만나 뒤집힐 위기를 맞았다. 큰일이었다. 그때 뒤에서 용이 따라오더니 풍랑을 잠재우고 안전하게 배를 보호하는 것이었다. 용은 다름 아닌 선묘의 변신이었다. 탈없이 신라로 돌아온 의상은 절을 지으려고 태백산으로 들어갔다. 그러나 절을 지으려는 곳을 이상한 종교를 믿는 무리들이 차지하고 있었다. 이상한 종교는 샤머니즘을 말한다. 이에 의상을 따라온 용이 커다란 돌을 공중에 띄워 그 무리를 겁주어 쫓아버렸다. 뜬 돌이라는 뜻의 부석(浮石)의 유래로서, 이 돌은 지금도 무량수전 오른쪽에 놓여 있다. 그리고 선묘의 용은 법당과 무량수전 밑에서 앞뜰까지 용 모양의 돌이 되어 묻혀 있다는 말을 민영규 선생은 나이 든 보살에게서 들었다고 했다.

선묘가 용이 되어 보호한 배를 반야용선(般若龍船)이라고 불렀다. 언젠가 종로에서 부처님 오신 날 제등 행렬을 구경하다가 그 배의 모형을 보았었다.

야, 저기 배 보이지? 반야용선을 만들었어.

반야용선이? 어디?

M이 가리키는 곳을 바라보니, 배의 고물에 치켜든 용의 머리 안에서 은은한 불빛이 비쳐나왔다. 과연 그 배였다. 선묘의 용이 배 위에 탄 의상 일행을 지키고 있는 모습이 왠지 눈물겨웠다. 행렬에는 여러 가지 연등은 물론 코끼리, 용, 사슴, 거북, 새 등 모형들이 등불이 되어 지나가고 있었다. 나는 M이 사들고 먹고 있는 고깔과자 몇 개를 집으며 종교적으로 승화된 그 사랑을 되짚어보고 있었다. 부석사 올라가는 길목에 피어 있던 사과꽃처럼 분홍빛 엷게 드리운 하얀 얼굴 선묘가 내 옆을 스치는 듯 느껴졌다.

두 번째 반야용선을 본 것은 통도사에서였다. 절을 돌아 나오려는데 문득 뒤돌아보고 나는 놀랐다. 얼마쯤 퇴색한 푸른 색조의 그림은 반야용선, 그것이었다. 하마터면 못 보고 갈 뻔한 그림이었다. 나는 뒤돌아서 가까이 다가가 언제 다시 보랴 하는 심정으로 살펴보았다. 배는 용머리를 앞세우고 풍랑을 헤치며 늠름하게 나아가고 있었다. 퇴색한 만큼 아름다움이 돋보이는 그림이어서 나는 속으로 감탄을 거듭했다. 그로부터 나는 통도사가 아무리 이름 높은 절일지라도 그 그림 하나로 충분히 가늠해졌다. 아울러 한 번의 되돌아봄이 삶을 좌우할 수도 있다고까지 나는 깨닫는 것이었다.

그리고 세 번째. 서울시립미술관에서 열린 전시회를 건성으로 보다가 〈화엄종조사회전(華嚴宗祖師繪傳)〉이라는 그림 앞에 서게 되었고, 거기서 뜻밖에 그 반야용선을 발견한 것이었다. 일본 교토에 있는 절 고진지(高仙寺)에서 가져왔다는 가마쿠라 시대 두루마리 그림에는 원효와 의상이 중국으로 가려는 것에서부터 나중에 의상이 부석사에서 법문을 펴는 장면까지 소상하게 그려져 있었다. 간명하게 먹 필선으로 그린 그림이었다. 반야용선에 탄 의상의 모습은 누구보다 두드러져 보였다. 일본에 이런 게 있다니. 나는 남몰래 중얼거렸다. 원효와 의상은 일본에서 더 유명해. 누군가 동산불교대학에서 말했었다. 반야용선이 되어 바다를 건너는 선묘의 용을 보며 나는 원효와 의상이 믿고 퍼뜨린 화엄종이 일본에서 더욱 착실히 기반을 다졌다는 말을 그럼직하게 받아들일 수 있었다. 나로서는 화엄종이 불교에서 어디쯤 있는지 알 길은 없어도 의상이 화엄경을 요약해놓았다는 법성게에서 한 구절을 좋아했다.

티끌 하나도 온 세상을 품는다(一微塵中含十方).

이 구절은 대학 때 좋아한 '모래알 하나에서도 우주를 본다'는 윌리엄 블레이크의 시 구절과도 닮아 있었다.

이런 의상과는 달리 원효는 무애 바가지를 두드리며 무애 노래를 부르고 무애 춤을 추면서 민중 속에서 나름대로 불교의 가르침을 펴고 있었다. 그런데 일본의 고진지와 한자가 같은 신라의 고선사에 원효가 있었던 것은 우연이었을까. 이 절에 머물고 있던 원효에게 사복(蛇福)이라는 사람이 찾아온 일이《삼국유사》에 짧게 기록되어 있다.

사복은 열두 살이 되기까지 말도 하지 못했고, 일어서지도 못한 사람이었다. 어느 날 그의 어머니가 세상을 떠나자 고선사로 원효를 찾아와서 말했다.

"예전에 그대와 내가 불경을 싣던 암소가 죽었으니 함께 가서 장사 지내는 게 어떻소?"

사복의 말을 들은 원효는 흔쾌히 응했다.

"좋소이다."

원효를 데리고 집으로 간 사복은 설법을 하고 계율을 주기를 부탁했다. 원효는 주검 앞에서 빌었다.

"태어나지 말지라, 죽음이 괴롭도다. 죽지 말지라, 태어남이 괴롭도다."

이를 들은 사복은 머리를 저었다.

"사설이 복잡하구려."

사복의 말에 원효는 고쳐 말했다.

"죽음과 태어남이 다 괴롭도다."

두 사람은 상여를 메고 산기슭으로 갔다. 사복이 말했다.

"옛날 부처님은 사라나무 사이에서 죽음을 맞았는데, 지금도 그와 같은 사람이 있어서 극락세계로 들어가네."

그리고 풀줄기를 뽑으니 그 아래는 밝고 맑은 허공이었다. 그리고 칠보 난간을 두른 누각이 있었는데 이 세상

것이 아니었다. 사복이 어머니를 업고 들어가고 나서 땅은 합쳐졌다.

종잡을 수 없는 내용이긴 했다. 《삼국유사》에도 황당한 이야기(荒唐之說)라고 덧붙이고 있다. 그렇건만 나는 오래 전부터 죽음과 태어남(死生)이 다 괴롭다는 표현을 잊지 못했다. 일체 거리낌 없는 사람은 삶과 죽음조차 벗어난다는 가르침이 여기에 호응하고 있다고 보아서였는지도 모른다. 무애란 내가 따르기에는 너무 벅차고 머나먼 가치관이어서였는지도 모른다. 나는 원효가 가자, 가자, 높이 가자, 더 높이 가자라는 아제아제 바라아제 바라승아제의 《반야심경》 구절을 읊조리는 모습을 그려보기도 했다. 무애란 보살도의 다른 표현으로, 마침내 저쪽 둔덕(彼岸)으로 가려는 몸짓이었다. 참된 법은 속박도 해탈도 아니어서, 윤회든 열반이든 집착하지 않는다고 했다.

내친김에 자장, 원효, 의상 말고 몇몇 다른 스님들의 이야기들도 간단히 추려보기로 한다. 무릇 종교 행위에는 어차피 기적 같은 것이 끼어들게 마련인지, 여기에도 황당한 이야기는 많았다.

보양은 운문선사에 머물렀다. 절 옆의 못에 사는 이무기가 그의 불법의 교화를 도왔다. 어느 해 가뭄이 심해 밭작물이 타들어가므로 보양은 이무기에게 시켜 비를 내리게 했다. 하늘 임금이 이무기가 나부댄다고 죽이려 하였다. 이무기에게서 다급한 말을 들은 스님은 마루 밑에 숨겨주었다. 하늘 사자가 와서 이무기를 내놓으라고 으름장을 놓았다. 스님은 배나무를 가리켰다. 하늘 사자는 배나무에 벼락을 쳐서 꺾어 시들게 하고 말았다. 하늘 사자가 하늘로 올라간 다음, 스님은 다시 배나무를 어루만져 살렸다.

양지는 신기한 지팡이를 가지고 있었다. 지팡이 머리에 베 자루 한 개를 달아놓으면 저절로 시주할 집으로 날아가 흔들려 소리를 알렸다. 그 집에서는 소리를 듣고 시주를 했고, 다 차면 날아서 되돌아왔다.

혜숙은 은퇴하여 살다가 구참공을 만났다. 구참공이 사냥을 나왔을 때 그는 말고삐를 잡고 청했다.

"소승도 따라가고 싶으니 허락해주십시오."

허락을 받은 그는 웃통을 벗고 이리 뛰고 저리 뛰며 사냥에 열중했다. 그 모습을 보고 공은 매우 기뻐했다. 쉬는 동안 고기를 굽고 삶아 혜숙도 끼어 먹으면서 조금도 꺼리는 기색이 없었다. 그러다가 그가 공에게 말했다.

"이보다 더 맛좋은 고기가 있습니다. 드셔보시겠습니까?"

"좋소이다."

혜숙은 자기의 넓적다리 살을 베어 소반에 올려 바쳤다. 옷에 피가 흥건히 배어 뚝뚝 떨어졌다. 공은 깜짝 놀랐다.

"이게 웬일이오?"

"공이 어진 분이라 하여 따라왔습니다. 그런데 지금 공이 좋아하는 걸 보니 오직 살육에 몰두하여 남을 해쳐서 자기를 살찌울 뿐입니다."

혜숙은 말을 마치고 그 자리를 떠났다. 공은 무안하여 혜숙이 먹던 곳을 보니 고기가 고스란히 그대로 남아 있었다. 공이 조정에 돌아와 왕에게 이 사실을 알렸다. 왕은 혜숙을 불러오라고 사람을 보냈다. 그러나 혜숙이 여자의 침상에 누워 있으므로 그는 불쾌하게 여겨 뒤돌아서고 말았다. 그런데 어찌된 노릇인지 혜숙이 앞에서 나타났다.

"어디서 오는 길이오?"

그는 물었다.

"성안 시주 집에서 재를 지내고 법문을 마친 뒤 오는 길이오."

이 말을 들은 왕은 그 시주 집에 가서 알아보게 했다. 혜숙의 말은 사실이었다.

얼마 지나 혜숙이 죽어 장사를 지내고 난 뒤였는데도 마을 사람이 혜숙을 만났다. 어디로 가느냐는 마을 사람의 물음에 그는 다른 지방으로 간다고 대답하고는 반 리 남짓 가다가 구름을 타고 사라졌다. 혜숙의 무덤에는 아직 장사지내는 사람들이 흩어지지 않고 있었다. 마을 사람의 말을 듣고 무덤을 파헤치자 짚신 한 짝이 들어 있을 뿐이었다.

혜공은 품팔이 노파의 아들이었다. 주인이 종기가 나서 거의 죽게 된 것을 고친 것이 겨우 일곱 살 때였다. 그는 중이 되어 어느 작은 절에 살면서 매양 미치광이 행색에 술이 억병으로 취하여 삼태기를 지고 거리에서 노래하고 춤추었다. 또 매양 절 우물 속에 들어가 몇 달씩 나오지 않았다. 우물에서 나올 때는 푸른 옷의 신동이 먼저 모습을 나타냈으며, 그의 옷은 물 한 방울 묻어 있지 않았다. 원효가 그에게 와서 불경에서 의심나는 것을 묻고 농담도 나누곤 했다. 하루는 두 스님이 시냇가에서 물고기를 잡아먹고 바위 위에 똥을 누고 나서 혜공이 원효에게 말했다.

"네 똥이 내 물고기로구나."

그로부터 그가 머물던 절을 오어사(吾魚寺), 즉 내 물고기 절이라고 불렀다. 지금 경북 영일군에 있다.

구참공이 산에서 노닐다가 혜공이 죽어 넘어져 있는 것을 보고 슬퍼하다가 성안으로 들어갔다. 그런데 혜공은 거리 한복판에서 술에 취해 노래하며 춤추고 있었다. 또 어느 날은 혜공이 영묘사의 주지에게 새끼줄을 주면서 법당과 불경각 등에 매어두라고 일렀다. 주지는 머리를 갸웃거리며 그대로 따랐다. 사흘 뒤에 선덕여왕이 절에 왔을 때 여왕을 사모하는 지귀의 마음불이 다른 건 죄다 태웠으나 새끼줄 친 곳은 말짱했다.

원효와 의상과 자장이 머물렀던 분황사에 가서 네 마리 사자가 에워싸고 있는 전탑 앞에 M과 나란히 섰었다. 비록 3층까지만 남고 그 위는 허물어져 없어졌어도 아름답게 균형을 지닌 탑이었다. 벽돌을 구워 쌓아 만든 전탑은 우리나라에는 그리 많지 않았다. 흔히 전탑은 중국, 목탑은 일본, 석탑은 한국이라고 말하고들 있었다. 그것이 자연 환경의 차이이기도 하다는 것이었다.

신라 시대 경주에는 수많은 절들과 탑들이 세워져서 탑들이 기러기 떼처럼 늘어섰다(塔塔雁行)고 표현했다는 말도 민영규 선생에게서 들었었다. 그 가운데 으뜸인 절이 분황사임은 자장, 원효, 의상 등 훌륭한 스님들이 드나든 절로서 《삼국유사》에 어느 절보다 여러 번 나옴으로써 증명된다.

M은, 나를 그리로 끌고 간 것이 원효의 발자취를 보고자 해서였다고 들려주었다. 그녀가 외국생활을 청산하고 돌아온 데는 중국으로 가지 않은 원효의 행적이 준 감화가 컸다는 것이었다. 그 말을 들으며 나는 뜰에 무더기로 피어 있는 상사화를 바라보았다. 잎이 먼저 돋았다 진 다음 맨땅에서 꽃대만 올라와 피는 꽃. 잎과 꽃이 서로 만날 수 없어서 그리워하기 때문에 지어졌다는 상사(相思)의 이름. 그 꽃을 보며, 비록 서로 만날 수는 없을지라도 상대방을 그리워할 수만 있다면 그것으로도 사랑의 완성에 값하는 길이 아닐까, 나는 생각하고 있었다.

상사화가 절에 많은 건 옛날에 저 뿌리로 풀을 쑤어 책을 맸기 때문이래.

그녀는 어디서 읽은 적이 있다고 했다. 불교가 꽃피었던 시대에는 절이 문화의 중심이 되어 불경 출판도 왕성했다는 설명이었다. 그런 결과, 고려 시대에 청주의 흥덕사에서 찍은 《직지심체요절》이라는 책은 우리나라가 세계 최초로 금속활자를 발명한 나라임을 증명해주게도 되는 것이었다. 고등학교 때 공주의 마곡사에 딸린 작은 암자에 갔다가 상사화가 맨땅에서 꽃대만 올라온 걸 처음 보고 신기하기 짝이 없다며 얻어온 기억이 생생했다. 지금도 나는 경주에 가면 분황사를 바라보는 것만으로도 왠지 마음이 안온해진다. 그 절에 원효와 의상이 드나들었다는 사실과는 상관없었다. 그저 그 탑이 좋아서, 나중에 그 탑 같은 집을 짓고 상사화를 구석마다 심어놓고 살고 싶기도 했다. 그리하여 집 네 귀퉁이에 사자 모습이 저절로 어른거리리라 꿈꾸면서.

원효와 의상은 앞서거니 뒤서거니 함께 신라의 불교를 진흥시켰다. 앞서거니 뒤서거니 함께라고 한 것은 양양 낙산사(洛山寺)를 세우는 이야기에도 드러나 있다. 《삼국유사》를 읽는다.

의상은 동해안의 굴속에 관세음보살의 산 몸(眞身)이

있다는 말을 듣고 인도에 있는 보타락가산(寶陀洛伽山)의 이름을 옮겨 낙산이라고 불렀다. 관세음보살이 머무는 산 이름이었다. 의상은 그곳에서 기도하며 관세음보살을 직접 보고자 했다. 이레 만에 용궁에서 사람이 나와 바닷가 벼랑 굴 속으로 그를 이끌었고, 다시 기도한 지 이레 만에 수정 염주 한 꿰미를 주었다. 굴속에 나온 의상에게 동해 용이 여의주 하나를 바쳤다. 그리고 다시 기도에 들어가서 또 이레가 되어 관세음보살이 본모습을 나타냈다.

"앉은 자리 산꼭대기에 대나무 한 쌍이 돋을 테니 거기에 절을 세우라."

그 말대로 산꼭대기에 대나무 한 쌍이 돋아 있었다. 의상은 그곳에 절을 세우고 낙산사라고 이름지었다.

그 뒤 원효가 예배를 드리려고 이곳으로 향했다. 절 가까이 남쪽 벌판에 온 그는 논에서 추수하는 여인을 만났다. 그가 농담 삼아 벼를 좀 달라고 하자 여인도 농담 삼아 흉년이 들어 줄 수 없다고 대답했다. 원효는 머리를 갸우뚱거리며 걷다가 다리 밑에 이르렀다. 한 여인이 월경 개짐을 빨고 있었다. 물을 좀 달라고 청하는 원효의

> 말에 여인은 빨래한 더러운 물을 떠서 건넸다. 원효는 그 물을 쏟아버리고 대신 맑은 냇물을 떠서 마셨다. 그때 소나무 위의 파랑새가 우짖었다.
>
> "스님은 단념하라!"
>
> 퍼뜩 바라보니 파랑새는 어디론가 날아가고 소나무 밑에 신발 한 짝이 놓여 있었다. 원효는 절에 이르러 관세음보살상 아래 아까 소나무 밑에 벗어놓은 것과 같은 신발 한 짝을 보았다. 그제야 원효는 그 여자가 관세음보살의 산 몸임을 알았다.

관세음보살을 줄인 것이 관세음 또는 관음이었다. 이는 근본적으로 자비(慈悲)의 마음을 비는 보살로서, 그 이름을 부르며 빌면 삶의 괴로움을 벗게 해준다고 했다. 의상이 들어가 기도한 바닷가 굴 속 위에 세워진 홍련암은 이름난 기도처가 되었고, 오늘날 강화도의 보문사와 남해도의 보리암과 함께 우리나라 3대 기도처로 꼽히게 되었다.

홍련암에 가서 마룻바닥 밑에 뚫려 있는 구멍으로 벼랑 굴 속을 내려다보라. 보문사에 가서 뒷산 돌계단을 총총 밟고 올라가 마애불상을 만나보라. 보리암에 가서 저 허왕후의 탑 아래 서서 첫새벽 해돋이와 마주 서보라.

그러고 보니 원효의 뜻이 첫새벽이 아니었던가. 보리암에는 원효가 올라앉아 바다를 바라보며 명상에 잠기곤 했다는 높다란 바위도 있었다. 꽤 위태로운 벼랑 위에, 사람 하나가 겨우 앉을 만한 넓이의 의자 모양이었다.

아슬아슬 엉덩이를 붙이고 앉자 눈 아래 바다가 잔잔히 여울지며 아득한 바닷길이 열려 오는 듯했다. 먼 세월 속에서 원효뿐만이 아니라 많은 사람들이 기도를 올렸으리라. 지금 누군가의 기도 소리가 들려오는가, 나는 귀를 기울였다. 바다를 거쳐 금산을 맞아 오르는 바람 소리였다. 뒤늦게나마 바람 소리가 누군가의 기도 소리임을 안 것은 처음이었다. 그리고 우리는 누구든지 살아가는 순간순간, 찰나찰나를 기도로 이어가고 있다는 생각이 들었다. 그 사람이 악인이든 선인이든 말이었다. 바람의 기도 소리가 가르쳐주는 깨달음이었다.

신라에 불교의 꽃핌과 어울려 다른 하나의 수행이 꽃핀 것을 지나쳐서는 안 된다. 그것을 《삼국유사》는 다음과 같이 적고 있다.

신라 제24대 진흥왕은 불교를 깊게 믿고 널리 퍼뜨리면서 또 신선(神仙)을 숭상했다. 그래서 여염집의 어여쁜 처녀를 뽑아 원화(原花)라고 부르며 무리를 모아 효도, 우애, 충성, 신의를 가르쳤다. 이에 남모(南毛)와 교정(貞)이라는 원화가 있었는데, 교정이 남모를 질투한 나머지 술자리를 벌여 남모로 하여금 취하게 하여 북쪽 개천에 끌고 가 죽였다. 남모에 딸린 무리는 그녀가 간 곳을 몰라 슬피 울며 헤어졌다. 그러다가 이 음모를 아는 사람이 노래를 지어 아이들에게 부르게 했다. 남모의 무리는 그 소문을 듣고 북쪽 개울에서 시체를 찾아낸 뒤 교정을 죽였다. 이 사건으로 왕은 원화 제도를 없애버렸다.

몇 해가 지나 왕은 나라를 진흥시키는 데는 반드시 신선의 풍월도(風月道)를 불러일으켜야 된다고 믿었다. 그래서 이번에는 좋은 가정에서 덕행 있는 남자를 가려 화랑(花郞)이라고 부르고, 처음 설원랑(薛原郞)을 국선(國仙)으로 삼았다. 이것이 화랑과 국선의 시초였다.

그다음 진지왕 때에 진자 스님은 늘 법당의 미륵상 앞에 나아가 빌었다.

“우리 부처님이 화랑으로 화하여 세상에 몸을 나타내시면 있는 힘을 다해 뒷바라지를 하여 받들어 모시겠사옵니다."

그의 기도는 날로 더 독실해졌다. 하루는 꿈에 웬 중이 나타나 미륵상이 화랑으로 변한 미륵선화가 기다리는 절을 일러주었다. 진자는 열흘 동안 한 발짝에 한 번씩 절을 올리며 찾아갔다. 문밖에 화랑 한 명이 반갑게 맞아들였다.

"낭께서는 평소에 나를 알지 못하는데 어찌 이렇게 친절을 베푸시오?"

진자는 물었다.

저 역시 서라벌 사람으로 스님이 먼 길을 오신 것을 위로한 따름입니다.

화랑은 말하고 문밖으로 나가 어디론가 사라져버렸다. 진자는 별 생각 없이 절의 중을 만나서 오게 된 까닭을 말했다.

"이곳보다는 남쪽 산에 예전부터 그런 분들이 머물러 살았다 하오. 신통한 일이 많은데 왜 그리로 가지 않소?"

진자는 그 산으로 갔다. 산신령이 노인의 모습을 하고 나타났다.

"무엇 하러 왔느냐?"

"미륵선화를 만나려고 합니다."

"지난번에 절 문밖에서 만나지 않았느냐."

진자는 깜짝 놀랐다. 서라벌로 돌아온 그는 한 달 남짓 틀어박혀 있기만 했다. 왕이 불러들여 까닭을 묻고는 말했다.

"그 화랑이 서라벌 사람이라고 했다니 거짓말을 했을 리 있겠소. 여기서 찾아보구려."

진자는 그 말에 따라 화랑의 무리를 모아 찾아 나섰다. 그러던 중 얼굴이 단정한 어린 화랑이 나무 아래 노닐고 있는 걸 발견했다. 진자는 놀라서 말이 터져나왔다.

"미륵선화로구나!"

진자는 그를 가마에 태워 왕에게 데리고 갔다. 왕은 그를 받들어 국선을 삼았다. 그는 여러 낭도들과 화목하는 것이나 몸가짐이 남달랐다. 진자는 그의 자비로움에 흠뻑 젖을 수 있었고, 맑음을 이어받을 수 있었다.

화랑이 어떻게 생겨났는지를 말해주는 기록이었다. 그들이 신라에 어떤 힘이 되었는지, 나는 교과서의 화랑 관창 이야기에서 배운 바 있었다. 역시 그때 교과서에는 화랑이 따르는 교훈과 같이 모두들 따라야 하는 세속 5계라는 게 있었다. 원광 스님의 가르침에 의한 것이라고 배웠다. 첫째는 충성으로 임금을 섬길 것, 둘째는 효도로 어버이를 섬길 것, 셋째는 신의로 친구를 사귈 것, 넷째는 싸움터에서 물러남이 없을 것, 다섯째는 생물을 가려서 죽일 것의 다섯 계율이었다.

보현사에서 돌아왔을 때는 양각도 호텔 주위에 벌써 땅거미가 내리고 있었다. 보현사에서 나는 무슨 기도를 드렸던가. 남북의 통일을? 세계의 평화를? 우주의 질서를? 사랑의 완성을? 이 모든 당위의 문제에는 다른 해답이 필요 없었다. 그러므로 그렇다고 넘어가기로 한다. 고백하건대, 엉뚱하게도 나는 나 스스로를 믿게 해달라고 기도했던 것 같았다. 데엥데엥데엥, 쇠가 깨어져라 들려오는 종소리도 그것을 인증하고 있었는지 모른다. 모든 이념을 넘어 삶이 있다고 나는 말하고 싶었다.

저녁식사 시간인데도 여러 사람들이 안으로 들어가지 않고 무엇인가 말을 나누고 있었다. 단고기라는 말이 들려왔다. 아침에 사내가 말을 꺼내서는 아니었을 것이었다. 삼삼오오 모여 호텔 뷔페 대신에 각자 돈을 내고 단고기를 먹으러 갈 사람을 모으고 있었다. 안내원도 적극적이었다. 평양에 와서 그걸 안 먹고 가면 후회하지 않겠느냐는 말이 뒤따랐다. 나는 다른 차에서 내린 사내를 찾아가 그 말을 전했다.

뭐? 50불? 처녀 뭘로 끓였나, 왜 그렇게 비싸?

사내는 눈을 치떴다. 나도 비싸긴 비싸다 싶었다.

처녀 뭐가 뭔데요?

나는 농담을 던졌다.

뭐가 뭐긴 뭐야. 그거지.

서울에서는 처녀 뭐를 끓여 팔기도 하나봐요?

그만두라구 그래. 공짜 저녁 먹는 게 낫지. 짜식들, 돈 울궈 먹는 덴 이골이 났어.

사내는 손을 내저었다. 나는 망설였다. 단고기 때문이 아니었다. 새로운 경험을 놓쳐버리기가 아까웠다. 나는 사내와 헤어져 일행에 합류했다. 개고기가 아니라 단고기라 하더라도 나는 그 이름으로 이미 몇 번 먹은 적이 있었다. 중국의 선양에 북쪽에서 직영하는 단고기집이 있었다. 아리따운 북쪽 아가씨가 시중을 들었다. 그때 나는 조선족이 모여 사는 거리의 호텔에 근거를 두고, 이른바 중국 동북 3성을 돌고 있었다. 한 번은 어쩌다 일이 꼬여 헤이룽장 성의 하얼빈에서 지린 성을 거쳐 랴오닝 성의 선양까지 장장 570킬로미터에 이른다는 길을 택시로 달린 적도 있었다. 서울에서 부산까지가 470킬로미터 남짓이었다. 하얼빈 교외의 낮 햇빛 아래 시작된 진초록 수수밭은 선양 교외의 달빛 아래 보랏빛이 되었다. 동북 3성을 꿰뚫어 달린 것이었다. 끝없이 펼쳐진 수수밭을 보며 내가 죽을 짓을 하는 게 아닌가 덜컥 겁이 나기도 했다. 죽은 마적들이라도 어디서 살아 나타날 듯한 밤의 연속이었다. 여기서 불의의 생을 마친다면…… 나는 그 밤하늘의 반달이 너무도 초롱초롱해서 둥베이(東北)의 달밤이라고 특별히 이름까지 붙였다. 그리고 새벽녘에 선양의 조선족 거리인 시타(西塔) 거리에 도착해서 기신거리며 들어간 곳이 그 단고기집이었다. 긴장과 허기에 지쳐 더 이상 움직일 힘도 없었다. 과연 허기가 반찬이었는지 모른다. 나는 탕 국물을 참으로 달게 퍼마셨다. 그야말로 단고기가 틀림없었다. 수령님도 허기가 진 채 그걸 먹었는지 모른다.

평양 단고기의 네온사인이 번쩍이는 2층 음식점에는 바깥에서부터 여자 종업원들이 한복 차림으로 도열하여 우리를 맞아들였다. 몇백 명이 들어갈 만한 건물 전체가 단고기 전문점이었다. 우리는 2층으로 올라가 여덟 명씩 둥근 테이블에 나누어 앉았다. 하얀 식탁보가 정갈하게 덮여 있는 게 상당한 수준의 음식점임을 말하고 있었다. 그때까지도 나는 탕 한 그릇에

고기 몇 점 정도로 짐작하고 있었다. 비싼 체험을 하는군, 나는 입속으로 중얼거렸다. 그런데 웬걸, 처음 접시에 무언가 올려져 사람들 앞에 놓인 것은 적갈색으로 윤기마저 흐르는 알지 못할 고기였다. 뭐냐고 누군가가 물었고, 간이라는 대답을 얻었다. 개의 간을 본 것도 처음이었다. 그래도 사람들은 그러냐고 잘도 젓가락질을 해댔다. 나는 통 자신이 없었다. 미적거리고 있을 수밖에 없었다. 이어서 허파가 나오고, 갈비도 나왔다. 이른바 코스 요리였다. 몸통 살도 부위별로 나오고, 골수도 나왔다. 껍질도 나왔다. 서울에 닭 한 마리라는 음식점 이름이 있는데, 평양 그곳은 개 한 마리가 맞았다.

이건 남자분들한테 좋은 거입니다.

고기 접시의 마지막으로 길쭉한 개자지도 나왔다.

남자들 어디에 좋단 말요?

한 사람이 모른 척 짐짓 물었다.

좋은 거란 말입니다. 어서 드십시오.

여종업원은 야릇한 미소를 지었다. 뱀술도 한 잔씩 돌려졌다.

정말 개판이군.

앞자리에 앉은 사람이 좋다는 건지 어떻다는 건지 뱀술을 카아 들이켜며 히죽거렸다. 모두들 따라서 허허허 웃었다. 결코 비싸다고만은 말할 수 없는 개판이었다. 나는 고역을 치르고 있었지만, 겪는 만큼의 값어치는 있다 싶었다. 탕에 밥을 말아 먹는 것이 끝 차례였다. 나는 비로소 진땀을 닦아냈다. 수많은 개들의 시체들이 즐비하게 늘어져 있는 어느 엽기 벌판을 겨우 빠져나온 것 같았다.

개에게도 불성이 있습니까?

없다.

조주의 말뜻을 다시 한번 곱씹었다. 그러나 그것은 단순히 없다는 게 아니라고 했다. 모든 것에 불성이 있다는 전제가 있는 것이었다. 그러니까 모든 것에 불성이 있다고 했음에도 불구하고 굳이 개에게도라며 꼬투리를 다는 자세에 한 꺼풀 망상이 씌어 있음을 할(喝)한 것으로 나는 풀이했다.

돌아오는 거리는 캄캄한 어둠에 잠겨 있었다. 멀리 위대한 장군님이라는 네온사인이 밤하늘에 떠 있었다. 그 밑의 글자는 앞 건물에 가려 보이지 않았다. 수령님은 김일성을, 장군님은 김정일을 일컬었다. 군대도 안 갔다 왔는데 어떻게 장군이냐고 옆자리 사람이 낮게 소곤거렸다. 나도 모르게 맨 뒷자리의 안내원 쪽으로 흘끔 눈길이 돌아갔다. 김대중 대통령과 만나 포옹을 하던 김정일의 모습이 눈에 어른거렸다. 양각도 호텔에서 가까운 곳에 친척이 산다고, 어떻게 만날 수 없겠느냐고 하소연하던 사람의 말이 귓가에 살아났다. 여기까지 왔는데 왜 만나선 아이 되는지 누가 알갔시오.

미국과 소련 사이에서 작은 반도는 갈라져 희대의 이별이 계속되고 있었다. 남북 이산가족 상봉의 방송이 시작되었을 때, 누구누구를 찾는다며 여의도를 가득 메웠던 인파는 아직도 헤매고 있었다. 엽기 벌판을 빠져나왔다는 건 착각이라고 누군가 깨우쳐주는 소리가 들리는 성싶었다. 개들의 시체가 즐비하다고 해서만이 엽기 벌판인 건 아니었다. 우리들 삶은 늘 엽기 벌판을 달려가고 있었다. 한반도에서는 특히 그랬다. 그러므로 엽기 벌판이 있느냐고 묻는 사람에게는 없다고 대답해야 하는 것이었다. 그런 게 어디 있느냐고? 딱한 노릇이었다. 삶과 죽음이 다 괴로움인 것을, 할!

맹수(코끼리)에 쫓겨 도망치던 사람이 마른 우물을 발견하고 마른 우물 속으로 들어갔다. 마침 썩은 넝쿨이나마 있어서 그걸 붙들었다. 그런데 밑을 보니 역시 사나운 맹수(용, 독사)가 기다리고 있는 게 아닌가. 엎친 데 덮쳐 어디서 쥐가 나타나 넝쿨을 갉기 시작했다. 그때 머리 위의 나무에서 꿀방울이 입으로 떨어져 들어왔다. 그는 위태로움도 잠시 잊고 꿀물을 달게 핥았다.

불경의 어딘가에 나온다는 일화가 머리를 스쳤다. 삶은 그런 형국이라고 했다.

호텔도 로비의 불빛뿐, 거의 어둠에 잠겨 있었다. 사내는 그때까지도 짐 정리를 하고 있었다. 책이든 무엇이든 인쇄된 것이면 다 긁어모으는 취향을 가진 사람이었다.

내일이면 떠나는 거야. 처녀 뭐는 어땠어?

개고기가 개고기지 뭐겠어요.

나는 '개 한 마리'는 꺼내지 않았다. 실은, 하마터면, 개에게 무슨 불성이 있겠느냐는 대꾸가 불쑥 나오려는 걸 간신히 참은 것이었다. 공연히 심사가 불편해진 까닭은 어디에 있을까. 내일이면 평양, 이 양각도 호텔도 마지막이다. 어디서든 여행의 끝은 언제나 허전했다. 양의 뿔과 기린의 뿔. 그 호응이 우연 같지만은 않았다. 그곳에서 《삼국유사》를 다시 대한 것을 우연으로 돌려놓고 싶지 않았다. 기린의 뿔은 외뿔, 즉 한자로 독각(獨角)이 되고 이것은 홀로 깨닫는다는 독각(獨覺)이 된다. 그러므로 인각사라는 이름이 있게 된다는 것이었다.

나는 양의 뿔에서 기린의 뿔을 보고 있었다. 돌아가면 인각사에 가서 거기서 양의 뿔의 뜻을 캐고 싶었다. 그것이 분단이 되었든 무엇이 되었든 이 시대에 살고 있는 삶으로서의 독각을 얻는 데는 도움이 될 듯싶었다. 나는 하루 종일 피곤하게 끌고 다닌 몸을 의자에 던지고, 깨달음이란 도대체 무엇일까 하는 물음에 뜬금없이 울적해졌다. 심사가 불편한 때문이었을 터였다. 잠들 시간은 아직 멀었다. 나는《삼국유사》에서 노힐부득(努夫得)과 달달박박(朴朴)의 이야기를 펼쳤다. 예전에 깨달음으로 가는 길에 대해 이러쿵저러쿵 하며 읽은 기억이 있었던 것이다.

> 오늘날의 창원 북쪽 백월산의 동남쪽 마을에 노힐부득과 달달박박이라는 사람이 있었다. 두 사람 모두 풍채와 골격이 비범하고 속세를 초월하는 큰 포부를 품어 서로 좋은 친구로 지냈다. 두 사람은 농사를 짓고 처자까지 있으면서 서로 오가며 정신을 수양했는데 한시라도 속세를 떠날 생각을 잊지 못했다. 둘은 스무 살도 안 되어 고개 너머 있는 절에서 머리를 깎고 중이 되었다. 그들은 세상살이의 덧없음에 대해 말했다.
>
> "기름진 밭에 풍년 농사가 든다 하더라도 극락 정토에서

저절로 따뜻하고 배부른 것만은 못할 게다. 여자와 집이 마음에 끌리지만 덕행 있는 성자들과 어울려 부처님 계신 곳에서 즐김보다는 못할 게다. 더구나 불도를 공부하면 마땅히 부처가 되고, 참된 마음을 닦으면 참된 도를 얻을 수 있지 않은가. 우리 모든 장애와 구속을 벗어버리도록 하자."

두 사람은 마음이 맞아 아주 깊은 산속으로 들어가기로 했다. 그날 밤 둘의 꿈속에 한줄기 흰빛이 비치고 그 가운데에서 금빛 팔이 뻗쳐 그들의 정수리를 어루만졌다. 둘 다 똑같은 꿈이었다. 그들은 깊은 산속으로 들어가 박박은 바위 위에 판자로 집을 짓고 부득은 돌로 집을 지어 들어앉았다.

그로부터 3년쯤 지난 어느 날 저녁이었다. 스무 살가량 된 처녀가 박박의 암자로 찾아왔다. 자태가 빼어나고 몸에서는 귀한 향내가 났다. 그리고 하룻밤 재워달라고 청하며 시를 지어 바쳤다.

갈 길은 아득한데 산은 첩첩 날은 저물고

마을 길 멀리 막혀 사방은 적막하기만 하네.

이 밤을 절 뜰에 묵고 가려 하오니
자비로운 스님께선 성가시다 하지 마옵소서.

그러나 박박은 머리를 저었다.
“절이란 모든 게 깨끗해야만 하거늘 네가 가까이할 곳이 못 된다. 냉큼 이곳을 떠나라.”
여자는 그곳을 물러나와 부득의 암자를 찾았다.
“그대는 조심 없이 어디서 발걸음을 했느냐?”
부득은 걱정스럽게 물었다.
“그지없이 고요하게 크나큰 허공과 한 몸으로 어찌 오고 감이 있겠습니까. 다만 어지신 어른의 뜻이 깊고 덕행이 높으니 부처님 마음을 이루시는 데 도움이 될까 하옵니다. 여자는 말하고 나서 시를 지어 바쳤다.”

해 저문 산길 가도 가도 사방은 적막하건만
대나무 소나무 그늘 짙고 개울물 소리 새로워.
잘 곳을 청함은 길 잃은 탓 아니오니
스님이 구원의 길 찾으려 하오면
저의 청을 들어주시고 누군지 묻지는 마옵소서.

부득은 깜짝 놀랐다.

"이곳은 부녀자가 올 곳이 못 되지만 중생의 뜻을 따르는 것도 자비로움을 행하는 일이 아니겠소. 더군다나 깊은 산골 어두운 밤인 터에."

부득은 따뜻하게 여자를 맞아들였다. 그리고 마음을 가다듬어 등불을 얕게 낮추고 조용조용 염불에만 열중했다. 그런데 밤이 이슥하여 여자가 다급하게 소리치는 게 아닌가.

"불행히 지금 공교롭게 해산 기미가 있으니 스님은 짚자리를 깔아주세요."

부득은 어쩌는 도리가 없었다. 불쌍한 마음도 들었다. 부득은 시키는 대로 하고 촛불을 은은히 밝혔다. 여자는 어느새 아이를 낳고 목욕을 시켜달라고 청했다. 부득은 부끄럽고 두려웠으나 가련한 생각이 더할 뿐이었다. 그는 함지박을 가져다가 여자를 그 안에 앉히고 몸을 씻겨주었다. 그랬더니, 조금 뒤 물에서 향기가 풍겨나오고 물빛이 금빛으로 변했다. 부득은 놀라지 않을 수 없었다.

"스님도 목욕을 하십시오."

여자가 말했다. 부득은 마지못해 그 말을 따랐다. 그러자 갑자기 정신이 상쾌해지고 살빛에 금빛이 돌았다. 그리고 옆에는 연꽃 모양 자리가 생겨 있는 것이었다. 여자는 부득에게 그 자리에 앉으라고 권한 다음 말을 이었다.

"나는 본래 관음보살로서 스님이 크나큰 부처님의 도를 이루도록 도운 것이오."

여자는 말을 마치고 홀연히 사라졌다.

한편, 박박은 부득이 여자를 맞아들여 틀림없이 계율을 어겼을 거라고 생각했다. 그리하여 박박은 부득을 찾아갔다. 뜻밖에 부득은 부처가 되어 연꽃 자리 위에 올라앉아 있었다. 온몸에서 뿜어져 나오는 환한 금빛 광채에 박박은 눈이 부셨다.

"어떻게 된 일인가?"

박박은 물었다. 부득은 간밤에 일어난 일을 자세히 들려주었다. 박박은 탄복해 마지않았다.

"나는 그만 앞을 가리는 게 너무 많아서 부처님을 만나고도 기회를 놓쳤네. 스님은 이루었으니 부디 옛날 정분을 잊지는 말아주게."

박박의 말을 들은 부득은 함지박의 물을 가리켰다.

"아직 물이 남았네. 목욕을 하게."

그 말에 따라 박박은 목욕을 했다. 그와 함께 그도 부처가 되어 둘이 마주 대하게 되었다. 어느덧 마을 사람들이 이 소문을 듣고 다투어 와서 우러러보았다.

"참으로 희한한 일이로구나!"

그런 뒤 두 사람 성인은 설법을 하며 구름을 타고 사라졌다. 경덕왕은 이 일을 듣고 백월산에 절을 세우고 부득의 미륵 부처상과 박박의 아미타 부처상을 만들었다. 박박은 함지박의 물이 부족하여 몸을 다 적시지 못했기에 아미타 부처상은 얼룩진 흔적이 있었다.

상당히 긴 기록이었다. 그리고 대부분 기록과는 달리 사람 이름이 우리말이었다. 이에 대해《삼국유사》에는 두 집에서 두 사람이 각각 마음을 닦아 오르고 또 올라 어려운 고비를 넘겼다(騰騰苦節)는 뜻으로 지은 이름이라고 해석해놓고 있다. 한글이 발명되지 않았던 시절에는 우리말을 한자로 적어놓을 수밖에 없었다. 이 표기법이 바로 이두(吏讀)였다. 만든 사람이 원효의 아들인 설총이라고 해서 시험 문제에도 나오곤 했었으나, 지금은 아닌 것으로 알려져 있다. 이를테면 새 乙(발음 을)자는 우리말 을이 되고 할 爲(발음 위)자는 우리말 하가 되는 식이었다.

예전에 서정주 시인이 지은 시에 부득을 부들로, 박박을 빡빡으로 써놓은 사실을 나는 기억하고 있었다. 부득은 부들부들하다고 부들이었고 박박은 빡빡하다고 빡빡이었다. 부득은 여자를 부드럽게 대했고, 박박은 빡빡하게 대했다. 유연함과 경직됨이었다. 깨달음의 자세와 함께 세상을 살아가는 처세를 말해준다고 읽혔다. 그리고 우정의 존귀함도 말해주는 기록이라고, 나는 여러 번 책갈피를 뒤적였다.

내일이면 떠난다는 말에 나도 짐을 챙겨야 하리라는 생각이 들었다. 그러나 내 가방에 새로 넣을 것은《삼국유사》한 권과 참나무 열매 술 한 병과 금강산 담배 몇 갑밖에 없었다. 게다가 사내와는 다른 버스를 타므로 아침에 헤어지면 그만이었다.

이 도토리술 딱 한 잔만 할까요?

나는 그를 쳐다보았다. 말하자면 이별주인 셈이었다. 만 이틀이 지났을 뿐인데도 오랜 세월 한방에 뒹굴며 살아온 것처럼 마음이 눅었다. 이상하게도 K에게서는 못 가져본 감정이었다. 문득 그가 지금쯤 인사동의 포장마차 카타르시스에 앉아 있을지도 모른다는 생각이 들었다. 그럴 리는 없었다. 서울을 떠난 그는 지방에 땅을 마련해 호두나무 농사를 짓는다고 했다. 그리고 아마도 밤에는 못다 쓴 시를 유언처럼 쓰겠지. 백석 시 같은 시를 쓰려 하겠지. 〈남신의주 박시봉 방〉 같은 시를. 그러면서 호두를 잽싸게 따가는 청설모 놈들을 저주하겠지. 제길, 총으로 잡아야 한대. 총을 사야 한대. 그는 졸지에 농사꾼 아닌 사냥꾼이 되는 걸 못마땅해했었다.

나는 물컵을 가져와 술을 따랐다. 딱 한 잔만을 연발하며 사내가 의자에 와 앉았다. 우리는 컵을 부딪쳤다.

자, 평양의 마지막 밤을 위하여!

위하여!

그가 선창하고 내가 뒤따랐다. 유리컵 부딪치는 소리는 언제 들어도 외로움의 소리였다. 유리 자체가 외로움의 상징이었다. 유리는 맑으면 맑을수록 외로움을 짙게 하는 물체였다. 그 안에 술이 따라져 있을 때는 더욱 그랬다. 막상 위하여를 외쳤으나, 나는 할 말이 없었다. 그도 마찬가지인 모양이었다. 낮에 다닐 때 다른 버스에 배정되어 있어 서로 덜 가까워진 탓인지도 몰랐다. 나는 그에게 《삼국유사》를 새로 읽게 해주어서 고맙다는 말만은 해주고 싶었다. 여행을 하는 동안 책을 읽는 사람을 드물게 보기는 했지만, 이번의 내 경우는 달랐다. 내 독서는 그에 의해서 충동적으로 비롯된 것이었다. 그러나 나는 아무 말도 하지 않았다.

한참 입을 열지 못하고 있던 나는 불현듯 내 노트를 꺼내 한 페이지를 펼쳐 그에게 내밀었다. 거기에는 프랑스 소설가인 르 클레지오가 한국에 와서 쓴 〈운주사(雲住寺), 가을비(Unjusa, Pluie d'Automne)〉라는 시의 한 연이 적혀 있었다.

> 세상 외딴 끝(A lautre bout du monde)
>
> 바다 외딴 끝(a lautre bout de mer)
>
> 부서진 나라(un pays fracasse!)
>
> 눈 가려진 나라(un pays aveugle!)
>
> 두려움에 할퀴어서(griffe! par la peur)

운주사와는 상관없이 가련한 한국을 읊고 있는 시였다. 운주사는 가본다 가본다 하다가 여태껏 못 가본 절이었다. 그곳에는 언제 만들어졌는지도 잘 모르는 불상들이 갖가지 모습으로 나뒹굴고 있다고 했었다. 옛날에 어떤 사람이 하룻밤 사이에 천 개의 불상을 만들어 세우면 뜻을 이룰 수 있다는 말을 듣고 만들다가 마지막 한 개를 못 만들고 말았다고도 하고, 조선 시대에 도선이라는 스님이 우리나라의 지형이 움직이는 배

모양이어서 배가 기울 것을 염려해 노의 위치인 이곳에 천 개의 불상과 천 개의 탑을 하루 동안에 만들었다고도 하는 전설이 어려 있는 곳이었다. 또 누구는 나라가 망한 백제의 유민들이 나라를 다시 세울 염원으로 만들었다고도 하는가 하면, 몽골 군대가 침입하여 만들었다고도 했다. 아무튼 불가사의였다.

나는 왜 그에게 이 시의 구절을 보여주고 싶었을까. 이른바 민주화는 어느 정도 이룩되었다고 하지만, 나라 돌아가는 꼴은 뒤죽박죽이었다. 나는 썩은 넝쿨에 아슬아슬 매달려서도 당장의 꿀에만 정신이 팔려 있는 사람을 대입해보지 않을 수가 없었다. 안타까운 노릇이었다.

우리는 딱 한 잔만을 지켰다. 수병 마개를 닫고 우리는 미련 없이 침대에 누워 옆등마저 껐다. 바삐 움직인 하루였다. 피곤한데도 잠은 쉽사리 오지 않았다. 나는 세상 외딴 끝에 와서 부서진 나라의 실체를 절감하고 있었다. 사내는 이내 코를 골고 있었다. 나는 눈을 감고 어둠 속에서 먼 하늘을 바라보았다.

M, 개들의 시체가 즐비한 벌판을 건너온 참이야. 반야용선이 지나가다가 태워줬다면 지나친 말일까. 그리고 우리 함께 들었던 신라의 범종 소리를 듣는 거야. 그건 언제나 내 귓속에

담겨 있으니까. 부석사에서 우리는 범종이 울리는 소리에 부끄러워했었지. 우리가 이기심으로 나날을 보내는 동안에도 종은 피안의 소리를 울린다고 말야. 그런데 보현사의 종은 깨진 소리로 울면서 대동강을 건너오고 있어. 깨져서는 안 될 게 있다는 거야. 네가 무턱대고 인도의 다람살라로 간다고 했을 때, 나는 왜 그렇게 속수무책이었는지 몰라. 티베트에 갔다 오더니 너는 마음을 굳혔지. 달라이 라마가 중국의 통치를 피해 망명해 있는 그곳에서 그림을 그리며 아이들을 돌보는 삶을 살고 싶다고. 우리는 그렇게 멀리 떨어져 상사화처럼 살아야 하는 운명이라고. 그러나 궁극적으로 깨져서는 안 된다는 게 종소리의 가르침이야. 여기는 평양이야.

M, 티베트의 범종 소리가 다람살라에서 들려온다. 그곳에도 네 마리 사자가 바라보는 세상이 있을까. 네 마리 사자가 지키는 분황사 같은 집을 짓자던 우리의 꿈을 되새기고 있을까. 그러나 우리는 기약이 없고 모든 것은 평양의 밤거리처럼 어둡기만 하다. 가고 가고, 높이 가고, 더 높이 가서 내가 이를 곳을 나는 알지 못한다. 평양의 잠자리가 뒤숭숭하다.

많은 스님들이 이적(異蹟)을 보이는 가운데 나는 종로 거리를 갈팡질팡하고 있었다. 그것을 무애의 노래와 춤으로 알고 있는 나를 내가 비웃었다. 이차돈처럼 흰 젖을 뿌리려마, 흰 젖을 뿌리려마. 남과 감이 다 괴롭다고. 그리고 기린의 뿔을 머리에 달고 묘향산 위에 올라 대동강을 굽어보고 있었다. 이것이 꿈이겠지, 하며 나는 설핏 깬 잠을 다시 청했다.

양각도 호텔-넷째 날
—노래여, 영원한 노래여

《삼국유사》의 기록치고는 다소 지루한 견훤과 왕건의 각축전은 끝났다. 왕건은 신라의 삼국 통일에 이어 후삼국을 통일하고 고려라는 새로운 왕조를 열었다. 그럼으로써 나는 삼국의 건국에서부터 멸망까지 《삼국유사》에 씌어 있는 대로의 연대기적인 읽기는 끝마쳤다. 게다가 내 발걸음은 어느덧 개성의 왕건 능에 이르러 있었다. 나무가 우거지고 경내를 지나 말끔하게 단장된 능이 높다랗게 자리 잡고 있었다. 능 앞의 문무석이며 비석이며 마치 새로 만든 무덤 같았다.

능을 한 바퀴 돌아 나온 우리는 그 옆 고려 시대의 탑과 비석들이 서 있는 잔디밭에서 도시락 점심을 먹었다. 흰 반바지에 파란 티셔츠의 젊은 여자들이 생글생글 미소를 지으며 도시락과 물을 나누어주었다. 물을 담은 플라스틱 병에는 금강산 샘물이라는 상표가 붙어 있었다. 버스에 오르려다 말고 코스모스 핀 개울가에 앉아 있던 나는 마침 건너편을 지나가는 북쪽 아낙네 한 사람을 보았다. 한눈에도 그곳 주민임이 알려지는 그녀는 낡은 가방에 무언가를 넣어 들고 우리 쪽으로는 눈길 한번 던지지 않은 채 앙상한 수수깡 사이로 걸어가고 있었다. 먹고살기에도 벅차다는 얼굴이었다. 생글생글 미소짓는 여자와 눈길도 던지지 않는 여자 사이에는 분명 어떤 벽이 가로놓여 있었다. 못 보던 많은 사람들이 우르르 모여 있는데 그녀는 왜 본 척도 하지 않는 것일까. 나는 북쪽에서 가장 북쪽다운 현실을 보았다고 여겨졌다. 그곳을 떠나기 전에 룸메이트 사내와 다시 마주친 나는 다시 한 번 사진을 찍고 버스에 올랐다. 내 허전한 마음도 가을 수수깡 사이로 고개 숙인 채 걸어가고 있었다.

말했듯이 《삼국유사》는 우리 옛 역사를 곧이곧대로 남겨놓기 위해 쓴 책이 아니다. 그래서 제목도 역사라는 사(史)가 아니라 남겨진 일이라는 유사(遺事)이다. 그러므로 《삼국사기》와는 달리 아무런 제약 없이 자유롭게 써놓은 점에 특징이 있다. 또한 삼국 시대에 불교가 융성했고, 저자인 일연이 승려이기 때문에 불교 관련 기록이 많은 것도 특징이 된다. 그러나, 그렇다고 해서, 이 책이 아무런 의도 없이 씌어졌다는 것은 아니다. 오히려 그 반대라 할 만큼 이 책에는 우리 고대사의 민족적 맥락이 뚜렷한 모습으로 엮여 있다. 또한 일연이 살았던 고려 후기에 몽골의 침략으로 우리 민족 문화가 말살될 위기에 처하여 스님은 높은 뜻으로 이 책을 썼다는 연구도 곰곰 되새겨봄 직하다.

먼저 단군에 대한 기록은 그 어떤 기록과도 바꿀 수 없이 귀중한 것이다. 이 책이 없었다면 우리는 단군에 대해 눈을 가리고 캄캄한 어둠속을 헤맬 수밖에 없었다는 데 생각이 미치면, 아연할 뿐이다. 그리하여 우리는 단군으로부터 이어지는 민족 역사의 전통을 읽어볼 수 있게 되었던 것이다. 그뿐인가. 〈구지가〉로 재현되는 가락국의 역사도 귀중하기 짝이 없다. 나는 그 노래에서 우리 민족사의 웅숭깊은 뜻과 가락을 내 몸속에 옮겨 받는다. 그러므로 《삼국유사》는 단순히 머리로 읽는 먼 이야기가 아니라 가슴으로 읽는 지금 이야기로 다가온다. 그리고 여기에는 더하여, 다른 무엇과도 바꿀 수 없는 또 하나의 보물이 있다. 바로 향가(鄕歌)가 그것이다.

향가라면 내게는 먼저 떠오르는 이름이 양주동 박사가 된다. 그는 내가 고등학교 학생이었을 때 학교로 강연을 와서 전교생을 운동장에 모아놓고 자신이 우리나라의 인간 국보라고 말했었다. 그러나 나는 그때까지만 해도 그가 왜 자신을 그렇게 자화자찬하는지 깜깜 알 수 없었다. 그는 향가를 해석하는 데 탁월한 업적을 남겼노라고 했다. 향가를 잘 읽어서 인간 국보라? ……그리고 세월이 흘렀다. 내가 그를 다시 보게 된 것은 대학을 마치고 출판사를 전전하다가 주간 신문에서 일할 때였다. 드디어 향가 때문에 만나게 된 것이었다. 〈우리 노래의 뿌리를 찾아서〉라는 거창한 시리즈의 취재를 위한 만남이었다. 이미 동국대학교의 교수직에서도 물러난 그를 집으로 찾아간 나는 거실에 마주 앉자마자 다짜고짜 물었다.

향가란 무엇입니까?

향가란……

그는 문득 눈빛을 고치며 걸걸한 목소리로 입을 열었다. 향가 소리만 나오면 그는 곧장 청년으로 돌아가는 모양이었다. 누구나 나이 들어서 그런 구석이 있다는 것은 인생을 허투루 살지 않았다는 증거라는 생각이 들었다. 그럴 경우 나는 사랑이란…… 하고 말할 수 있었으면 싶었다. 하지만 나는 벌써 자신이 없었다. 젊은 나이에 나는 직장도, 결혼도 실패의 기록만을 남기고 있었다. 나는 무엇에 도전해야 할지도 모르고 어영부영 흐린 눈빛으로 뒷골목 술집을 전전하는 신세였다. 그러다가 새 일자리라고 겨우 잡은 게 돈은 없고 뜻은 높은 그 주간 신문이었다.

향가란…… 쉽게 말해, 아니, 말 그대로 고을(鄕) 노래였다. 고을 노래란…… 또한 마을 노래로서, 민간에서 불린 노래였다. 양주동 박사가 향가를 새로 해석해 〈고가(古歌) 연구〉라는 책을 내놓기 전까지는 일본인 오쿠라 신페이가 향가 해석의 권위였다고 했다. 그러나 박사가 보기에 어림없는 해석이라는 것이었다. 또한 우리 것을 남에게 내맡겨선 안 되겠다는 마음이 불타올라 새로운 해석에 몰두했고, 마침내 인간 국보 소리를 듣기에 이르렀다고 기염을 토했다. 그 결정판이 〈고가 연구〉였다.

하지만 취재를 해나가면서 나는 〈고가 연구〉도 이제는 낡은 연구로 평가받고 있다는 사실을 알게 되었다. 그의 뒤를 이은 많은 어문학자들의 이름과 많은 학설들이 등장하고 있었다. 무엇보다도 향가는 그냥 한자가 아니라 향찰(鄕札)이나 이두(吏讀)로 씌어 있다는 것이 문제였다. 때문에 여러 사람들이 달리 읽고 있었다. 향찰과 이두는 쉽게 말해 우리말의 뜻과 소리를 한자로 적어놓는 방법이다. 같은 한자라도 뜻이냐 소리냐를 구별해야 한다. 아울러 소리라고 할지라도 그 당시 말과 사투리까지 섞여 있으니, 여간 까다롭지가 않은 것이었다.

그때까지 향가에서 내가 알고 있던 것은 〈처용가(處容歌)〉와 〈헌화가〉였다. 아마 웬만한 사람들도 그럭저럭 알고는 있으리라 여겨지는 그 노래들을 나는 우리말로 외고도 있었다. 〈처용가〉의 고향으로 알려진 울산 밑 개운포로 마무리 취재 여행을 간 것도 그 무렵이었다. M과 동행한 첫 여행이기도 했다. 아내가 외간 남자와 어울린 내용을 다룬 〈처용가〉를 취재하면서 그녀와 함께 간다는 사실이 마음에 조금은 걸리기는 했다. 그녀도 물론 〈처용가〉의 내용을 알고 있었다.

서울 밝은 달 아래
밤새워 노닐다가
들어와 자리를 보니
다리가 넷이어라
둘은 내 것이고
둘은 뉘 것인고
본디 내 것이언만

빼앗긴 걸 어찌하리꼬.

바닷가의 포장마차에 앉아서 해삼과 멍게를 안주 삼아 소주를 따르면서 나는 노래의 가사를 음미하고 있었다. 다른 향가들의 향찰 원문 해석이 학자에 따라 가지각색인 데 비해 〈처용가〉는 엇비슷했다. 내 것인 아내의 두 다리와 누구 것인지 모를 두 다리가 어울려 있는 광경을 보는 처용이라는 사내의 형상이 떠올랐다. 오늘날의 시각으로 보면 아내의 두 다리도 함부로 내 것이라고 소유 개념을 적용해서는 큰일날 일일 것이다.

그런데 처용은 왜 아내를 놔두고 저만 혼자 밤새 놀러 다닌 거야?

그녀가 핀으로 해삼을 찍으며 웃음을 지었다.

한국 남자들 다 그런 거 아냐?

처용은 한국 남자도 아니라면서?

글쎄.

처용가를 부른 주인공 처용에 대해서는 구구한 설이 많았다. 먼저 그 발음에 연유하여 제웅을 일컫는다는 설이 있었다. 제웅은 우리 민속에서 짚으로 만든 사람 형상을 말했다. 그 안에 돈을 넣어 음력 정월 14일 저녁 그해의 액을 막으려고 길가에 버리는 것이었다. 그 돈을 꺼내 가지려고 돌아다니곤 했다는데, 나는 어릴 적 길가에 버려진 제웅을 보면 왠지 섬뜩했었다. 그리고 아닌 게 아니라 그가 아랍 계통의 사람이라는 설도 있었다. 예전에는 귀신을 쫓으려고 처용의 형상을 문에 그려 붙였었다. 그 처용의 얼굴이 험상궂고 우리나라 사람과는 달라, 그 무렵 한반도까지 무역을 하러 오던 아랍 계통 사람으로 인정된다는 것이었다. 《삼국유사》에 그를 동해 용의 아들이라고 한 것도 실은 배를 타고 어디선가 나타난 아랍 사람임을 암시한 것이라 했다. 나는 《삼국유사》의 그 부분을 펼쳤다.

> 헌강왕 때는 경주에서 동해 어귀까지 집들이 총총 들어섰는데, 초가집 한 채 볼 수 없었다. 길거리에는 음악 소리가 그치지 않았고, 사철 비바람마저 순조로웠다. 왕이 지금의 울산 개운포에 나가 놀다가 돌아오는 길에 바닷가에서 점심을 먹고 쉬던 중 갑자기 구름과 안개가 자욱해져 그만 길을 잃고 말았다. 왕이 천문을 맡은 관리에게 까닭을 물었다.
>
> "동해 용의 장난입니다. 좋은 일을 하여 풀어야 합니다."
>
> 그 말에 왕은 용을 위해서 가까운 곳에 절을 세우라고

했다. 명령과 더불어 구름이 걷히고 안개가 흩어졌다. 동해 용이 기뻐하며 아들 일곱을 데리고 왕의 수레 앞에 나타나 덕행을 찬미하여 춤을 추고 음악을 연주했다. 그 아들 가운데 하나가 왕을 따라와서 정치를 돕게 되었는데, 이름을 처용이라고 했다. 왕은 그를 아름다운 여인에게 장가들이고 벼슬도 주었다.

그의 아내는 너무도 고왔다. 그녀를 탐낸 역병 귀신이 사람으로 변해서 밤이면 집에 숨어 들어와 몰래 잠자리를 하고 가곤 했다. 어느 날 처용은 밖에 나갔다가 늦게 집으로 돌아와 두 사람이 누워 있는 것을 보았다. 그러나 그는 그냥 노래를 부르고 춤을 추며 물러나왔다. 노래를 들은 귀신은 정체를 나타내 처용의 앞에 무릎을 꿇고 맹세했다.

"내가 당신의 아내를 탐하였소. 그렇건만 당신은 노여워하지 않으니 감격스러워 이제부터는 당신 모양만 그려 붙여놓아도 얼씬하지 않겠소."

그로부터 우리나라 사람들이 처용의 모양을 그려 문에 붙임으로써 나쁜 귀신을 쫓고 복을 맞아들이는 것이다.

처용의 노래와 춤은 그 뒤 고려 시대와 조선 시대까지 명맥이 이어져 내려옴으로써 우리 음악과 무용에 큰 영향을 끼쳤다. 고려 때는 본래의 〈처용가〉에서 발전한 노래를 귀신을 쫓는 나례(儺禮) 행사에서 불렀고, 조선 때도 처용 탈을 쓰고 추는 춤인 〈처용무〉가 연희되었다.

바닷가 여관은 바람 소리가 높았다. 모래가 밟히는 방바닥으로부터 파리똥이 앉은 천장까지 바람이 부풀었다가 빠져나가는 소리에 스산했다. 우리는 서로가 내 것인 네 다리가 되어 그 바람 소리에 우리를 실었다.

〈우리 노래의 뿌리를 찾아서〉 시리즈는 향가를 내용에 따라 묶어 써 나가는 기획이었다. 따라서 사랑 항목으로 〈헌화가〉와 〈서동요〉와 〈처용가〉를 뭉뚱그려 묶었고, 그 다음으로 흠모(欽慕) 항목으로 〈죽지랑을 흠모하는 노래(慕竹旨郎歌)〉와 〈기파랑을 찬미하는 노래(讚耆婆郎歌)〉를 묶었다. 〈죽지랑을 흠모하는 노래〉에 대해 《삼국유사》는 다음과 같이 적고 있다.

> 예전에 술종공(述宗公)이 삭주를 다스리는 벼슬에 올라 그곳으로 가려다가 난리가 나는 바람에 기병 3천을 거느리고야 떠났다. 일행이 죽지령(竹旨嶺) 고개에 이르자

처사 한 사람이 나와 길을 닦고 있었다. 술종공은 감복했고, 처사도 술종공이 예사로운 사람이 아니라는 걸 알고 서로 깊은 인상을 받았다. 술종공은 임지에 가서 한 달 만에 처사가 자기 방으로 들어오는 꿈을 꾸었다. 그런데 그의 부인도 같은 꿈을 꾸었다고 하는 것이었다. 이상하고 놀랍게 여긴 술종공은 사람을 시켜 처사의 안부를 알아보도록 했다. 심부름꾼이 돌아와서 처사가 벌써 죽었다는 소식을 알렸는데, 그 죽은 날이 바로 꿈을 꾼 날이었다. 그 소식을 듣고 술종공이 말했다.

"아마 그 처사가 우리 집에 태어나려나보다."

그리고 사람을 보내 그의 주검을 고갯마루에 잘 묻어주고 무덤 앞에 돌미륵을 세워주었다. 술종공의 아내는 꿈을 꾼 날부터 태기가 있었고, 사내아이가 태어나자 고개 이름을 붙여 죽지(竹旨)라고 이름지었다. 그는 나중에 벼슬길에 올라 김유신과 함께 삼국을 통일하고 나라를 안정시켰다. 죽지랑은 화랑 죽지라는 이름이다.

효소왕 때에 죽지랑이 이끄는 화랑 무리 중에 득오곡(得烏谷)이라는 사람이 이름을 올려놓고 매일 모습을 보이더니 언젠가 열흘이 넘도록 나타나지 않았다. 죽지랑은 그 어머니를 불러 물었다.

"아들이 어디로 갔습니까?"

어머니는 대답했다.

"모량 땅에서 벼슬을 하는 이가 아들을 부산성 창고지기로 임명하여 급히 가느라 미처 하직 인사를 드릴 시간이 없었습니다."

"아들이 개인적인 일로 갔다면 구태여 찾아볼 것 없을 테지만 공무로 갔다 하니 만나서 음식 대접이라도 해야겠습니다."

죽지랑은 떡과 술을 가지고 하인을 데리고 길을 떠났다. 화랑의 무리들도 그를 따랐다. 부산성에 이른 그는 문지기에게 득오곡이 어디에 있는지를 물었다.

"지금 익선이라는 사람의 밭에서 일하고 있습니다."

문지기가 가리키는 대로 밭으로 간 그는 득오곡을 만나 가지고 간 떡과 술을 베풀었다. 그리고 득오곡을 가엾이 여긴 나머지 익선에게 말미를 얻어 그를 데려가려고 했으나, 익선은 못 보낸다고 막아 섰다. 때마침 관리가 곡식 30석을 운반하다가 죽지랑이 부하를 아끼는 데 비해 익선의 태도가 못마땅하여 그 30석을 그만 익선에게 주며 청을 들어주기를 부탁했다. 그러나 익선은 막무가내였다. 그러다가 말안장까지 주니 그제야 승낙했다. 그 말을 들은 화랑 무리의 통솔자가 익선을 잡아다가 다스리려고 했다. 하지만 익선이 도망쳐 숨어버려서 큰아들을 붙들어 갔다. 큰아들을 성안 못 가운데서 목욕시키자 동짓달 추운 날씨에 얼어죽었다. 득오곡이 죽지랑을 사모하여 노래를 지었으니, 다음과 같다.

가는 봄 보내며 시름만 깊어
그분 안 계시어
눈 돌이켜 뵈올 수 있으리까
낭이여,
그리는 마음 찾아가는 길
다북쑥 우거진 어느 골짜기
잠 이룰 수 있으리.

그런데 이 노래는 단순히 죽지랑을 사모하는 내용만을 나타내는 것이 아니라는 견해가 있어서 눈길을 끈다. 기록에 나오는 대로 익선은 모량부 사람이고 득오와 죽지는 사량부 사람이다. 모랑부는 오랫동안 신라를 지배해온 세력이었다. 이는 단석산에 만든 옛 신라 최대의 마애불상에서도 잘 나타난다. 이들을 누르고 새로운 세력으로 떠오른 것이 삼국 통일에 앞장선 김춘추, 김유신의 사량부였다. 그러므로 이 노래는 모량부와 사량부의 힘겨루기를 다룬다.

어느 날 모량부의 명령을 받고 제대로 연락도 없이 황망히 먼 지방 창고지기로 쫓겨 내려간 사량부 사람 득오. 소식을 들은 사량부의 죽지는 그를 찾아가게 되고, 드디어 모량부의 익선을 응징한다. 이런 일화 속에 권력다툼의 모습을 노래하고 있다는 것이다. 이중적 함의를 갖는 노래는 오묘하다. 겉뜻과 속뜻을 읽을 수 있다면 향가는 더욱 의미심장하게 우리에게 다가올 것이다.

〈기파랑을 찬미하는 노래〉는 충담(忠談) 스님이 지은 향가인데, 기파랑이 누구인지 전혀 알려져 있지 않은 것이 아쉬웠다.

> 바라보매 밝은 저 달이
> 흰 구름 따라 떠간 자리
> 푸른 물가에 기파랑의 모습 있어

일오내 냇가 벼랑에
낭이 지닌 마음 좇아라.
아아, 잣나무 가지 높아
서리도 치지 않는 꽃판이여.

기파랑이 누구인지 알 수 없어도 잣나무로 표상된 드높은 기상은 내 마음에 깊이 새겨졌다. 그리고 내가 잣나무를 좋아하게 되는 데도 한몫을 했다. 나는 내 방 벽에 추사(秋史)의 그림 〈세한도(歲寒圖)〉 복사판을 붙여놓고 거기 잣나무를 들여다보면서도 기파랑의 모습을 떠올리곤 했었다. 그런데 향가 가운데 잣나무를 다룬 또 하나의 노래가 있었다. 원망스러움을 잣나무를 통해 알린 노래라는 〈원수가(怨樹歌)〉였다.

효성왕이 아직 왕위에 오르기 전에 신충(信忠)이라는 어진 선비와 함께 바둑을 두면서 말했다.
"뒷날 그대를 잊지 않도록 저 잣나무에게 맹세를 하겠다."
그 말에 신충은 일어나 절을 올렸다. 몇 달이 지나 왕이 즉위하여 공로 있는 신하들에게 상을 내리는데 그만 신충을 잊어버리고 넣지 않았다. 신충은 원망스러워 노래를 지어 잣나무에 붙였다.

한창 무성한 잣나무
가을이 아닌데 시들다니
너를 안 잊겠다 하신
그 얼굴 어찌 변하실까
달 그림자 비친 연못가
깨끗한 모래같이
그 얼굴 우러르나
세상 모두 여의었네.

그러자 잣나무가 누렇게 시들어버리는 것이었다. 왕이 괴상하게 여겨 알아보게 했다. 사람이 잣나무에 붙여진 노래를 갖다 바쳤다. 그것을 본 왕은 깜짝 놀랐다.
"나라 일에 바쁘다보니 가깝게 지내던 사람을 잊을 뻔했구나."
왕은 신충을 불러 벼슬을 주었는데 그와 함께 잣나무가 다시 살아났다.

〈기파랑을 찬미하는 노래〉를 지은 충담은 또 한 편의 향가를 《삼국유사》에 남기고 있었다. 〈백성을 편안하게 하는 노래(安民歌)〉였다. 이에 얽힌 이야기는 다음과 같다.

경덕왕이 삼월 삼짇날 대궐 문루에 앉아 옆의 신하에게 말했다.

"누가 길에 나가 훌륭하게 차린 스님 한 분을 데려오도록 하라."

마침 풍채가 뛰어나고 잘생긴 중이 휘적휘적 걸어오고 있었다. 신하들은 그를 왕에게 데려갔다. 그러나 왕은 고개를 저었다.

"내가 말하는 훌륭하게 차린 스님은 아니다."

그러자 누비옷에 벚나무 통을 진 중 한 명이 오는 것을 발견했다. 왕은 그를 문루 위로 맞아들였다. 벚나무 통 속에는 차 달이는 도구가 들어 있을 뿐이었다.

"대관절 그대는 누구인가?"

왕은 물었다.

"저는 충담이라 하옵니다."

중은 대답했다.

"어디서 오는 길인가?"

"저는 삼월 삼일과 구월 구일이면 남산 삼화령에 있는 미륵부처님께 차를 달여 올립니다. 지금도 차를 올리고 오는 길입니다."

그의 대답에 왕은 차 한 잔을 얻어먹을 수 있겠느냐고 청했다. 그는 곧 차를 달여 왕에게 바쳤다. 차는 맛이 희한하고 찻종 속에서 알 수 없는 향기가 맡아졌다. 그제서야 왕은 충담에게 말을 꺼냈다.

"스님은 〈기파랑을 찬미하는 노래〉를 지었다고 하며, 그 뜻이 매우 고상하다고 하는데, 과연 그러한가?"

"그러하옵니다."

충담은 스스럼없이 대답했다.

"그러면 나를 위해 백성들이 편안히 살도록 하는 노래를 지어주오."

충담은 그 자리에서 왕의 명령에 따라 노래를 지어 바쳤다. 왕은 칭찬하며 그를 왕의 스승으로 삼으려 했다. 그러나 그는 공손히 절하며 그 직책을 받지 않았다. 노래는 다음과 같다.

왕은 아비요

신하는 자애로운 어미요

백성은 어린 아이라 하면

어찌 아니 사랑하리

괴롭게 살아가는 어린 아이

이들을 먹여 편히 할지라

이 땅을 버리고는 갈 바 없는 이 무리

나라를 지킬 길 알리라

임금이여, 두루 깊은 사랑으로

나라가 태평하오리다.

경주의 남산에 올라 그곳 불상에 차를 달여 올리고 돌아오는 충담의 모습에 내 마음마저 향긋해지는 듯했다. M과 함께 포석정을 지나 얼기설기 드러난 소나무 뿌리를 층계삼아 남산에 올랐었다. 최소 한 달은 잡고 남산을 공부하자고 친구 K와 약속한 일은 도무지 이루어질 기미가 보이지 않았다. 그런데 뜻밖에 머리가 잘린 채 우리 앞에 나타난 불상들을 보며 놀라지 않을 수 없었다. 누가 저렇게 머리를 잘라냈단 말인가. 하기야 아시아의 여러 곳에서 불상들은 머리가 잘리는 수난을 입고 있었다. 알다시피 아프가니스탄의 바미얀 석불을 아예 폭파되기까지 했다. 그렇건만 머리가 잘렸다 할지라도, 아니, 머리가 잘렸기 때문에 비장미(悲壯美)마저 느낄 수 있었다면, 모독이라 할 것인가.

충담의 모습이 감명적이라 해도 이 노래는 내게는 그리 매력이 없었다. 그 주간 신문에서 밥을 벌어먹을 때 박정희의 유신 시대가 막을 올리고 있던 무렵이어서 지도자라거나 다스린다거나 하는 이데올로기에 주눅들고 쪼그라들어 있었기 때문인지도 모른다. 더군다나 이 노래의 마지막을 다른 책에는 임금답게, 신하답게, 백성답게 할지면 나라가 태평하오리다로 풀이하고 있기도 했다.

그다음, 가장 여러 편으로 묶이는 게 역시 불교 편이었다. 신라가 불교 국가이고, 스님이 엮은 책이니 당연한 노릇이었다. 나는 이들을 기복(祈福)과 믿음으로 나누었다. 모든 종교에는 복을 비는 요소와 순수한 믿음이 섞여 있기 마련이었다. 먼저, 분황사에 가서 빌어 〈아이의 눈을 뜨게 한 노래〉가 있었다. 기복에 놓인 이 노래는 〈득안가(得眼歌)〉라고도 하며, 다음과 같이 《삼국유사》에 기록되어 있다.

경덕왕 때에 한기리 여자 희명(希明)의 아이가 다섯 살이 되어 갑자기 눈이 멀었다. 희명은 아이를 안고 분황사로 가서 왼쪽 전각 북쪽 벽에 그린 천수대비(千手大悲) 앞에서 아이를 시켜 노래를 지어 빌었더니 아이는 드디어 눈을 뜨게 되었다. 이 노래는 천수대비 앞에서 빌었다고 〈천수대비가〉라고도 한다.

무릎을 꿇고
두 손 모아
천수관음 앞에
기도를 올리오니
천 개의 손, 천 개의 눈에서
한 개의 손, 한 개의 눈을
두 눈 감은 내게
하나라도 베푸시어
아아, 내게 베푸신다면
그 자비심 얼마나 크시리.

분황사는 내게 인상 깊은 절이었다. 원효 스님이 그곳에 머물렀던 적이 있어서 뜻도 깊었다. 3층만 남아 있는 우람한 전탑은 기품이 있고, 마당의 8각 돌우물은 날렵하고도 그윽했다. 거기서 기도를 드리면 소원이 안 이루어질 수 없겠다는 생각이 드는 절이었다. 더군다나 천 개의 손, 천 개의 눈을 가진 이 보살은 관세음보살의 대표적인 화신으로 혹심한 고통에서 벗어나게 하고 소망을 빨리 이루게 해준다고 알려져 있다. 그 보살에게 비는 간절한 노래였으니, 한 개의 눈을 얻을 수 있었으리라.

그리고 분황사에 얽혀 이야기의 배경에 원효도 등장하는 향가가 있었다. 극락 왕생을 비는 〈원왕생가(願往生歌)〉였다. 이 노래는 기복이기보다는 믿음에 속했다.

> 문무왕 때에 광덕(廣德)과 엄장(嚴莊) 두 스님이 사이좋게 지내면서 먼저 극락 세계로 가는 사람은 꼭 알리도록 하자고 약속하곤 했다.
> 광덕은 분황사 서쪽 마을에서 신을 삼아 팔며 처자를 데리고 살았고, 엄장은 남악에 암자를 짓고 농사일에 힘썼다. 어느 날 해거름에 저녁놀이 비끼고 소나무 그늘이 고요히 저무는데 엄장의 집 밖에서 소리가 들렸다.

"나는 벌써 극락으로 가네. 그대가 서방 정토에 살고 싶다면 빨리 나를 따라오게."

엄장이 문을 밀치고 나가서 바라보니 구름 위에서 하늘 음악 소리가 나고 광명이 땅에 비쳐 내렸다.

다음 날 광덕의 집으로 가자 과연 그는 죽어 있었다. 엄장은 광덕의 아내와 함께 그를 장사지냈다. 그리고 나서 엄장이 말했다.

"남편이 죽었으니 나와 함께 사는 게 어떻겠소?"

광덕의 아내는 좋다고 승낙했다. 밤에 엄장이 함께 잠자리에 들려고 하자 그 아내가 문득 핀잔을 주었다.

"당신이 극락을 찾는 것은 나무에서 고기를 찾는 것과 같소이다."

엄장은 이상하게 여겼다.

"광덕과 이미 그렇게 지냈는데 나와 또 못 잘 것이 무엇이란 말이오?"

"남편이 나와 함께 십 년을 살았지만 아직 하룻밤도 한 자리에서 잔 적이 없소. 그는 매일 밤 몸을 단정히 하고 열성으로 아미타불을 외며 참선에 드는데 밝은 달빛이 안으로 비쳐 들어 어떤 때는 그 위에 가부좌를 하고 앉습니다. 그렇게 정성을 들였는데 극락에 안 가려고 해도 어디로 가겠어요. 천 리 길을 가더라도 한 걸음으로 알아볼 수 있지요. 지금 당신의 태도는 동쪽으로 갈지언정 서쪽의 정토와는 먼 일이오."

그녀의 말을 들은 엄장은 부끄럽고 무안하여 원효 스님에게로 찾아갔다. 그가 도 닦는 법을 간절히 청함에 따라 원효는 정관법(淨觀法)을 만들어 지도했다. 엄장은 비로소 행실을 바로 하고 마음을 닦아 마침내 극락에 갈 수 있었다. 광덕의 아내는 분황사의 종으로서 부처님의 19 관음의 한 화신이다. 일찍이 광덕의 노래가 있는데, 다음과 같다.

달아, 이제 서쪽으로 가서
무량수불 앞에 말씀 올리소서.
다짐 깊으신 부처님 우러러
두 손 바로 모아 빌기를
극락 왕생하옵기를, 극락 왕생하옵기를
염원하는 이 있다고 사뢰소서.
아아, 이 몸 남겨두고

마흔 여덟 큰 소원 이루실까.

광덕의 아내가 분황사의 종으로서 부처님의 열 아홉 관음의 한 화신이라고 한 것도 위의 〈득안가〉와 관련하여 음미할 만하다. 서방 정토의 이상 세계로 가는 것은 모든 불교도의 염원이었다. 광덕과 엄장은 그렇게 마음을 닦아 뜻을 이룰 수 있었다. 또한 서방 정토를 노래한 향가가 〈죽은 누이를 제사지내는 노래(祭亡妹歌)〉라는 이름으로 남아 있다.

월명(月明) 스님은 죽은 누이동생을 위하여 재를 지내고 향가를 지어 제사지냈다. 제사를 지낼 때 갑자기 광풍이 불어 장례식에 쓰는 종이돈이 날려 서쪽으로 사라졌다. 월명은 사천왕사에 살면서 젓대를 잘 불었다. 한번은 달밤에 젓대를 불며 대문 앞 큰길로 지나갔는데, 달이 운행을 멈추기도 했다. 신라 사람들이 향가를 숭상한 지 오래되었는데, 대개 시나 송가(頌歌) 비슷한 것이었다. 그래서 천지와 귀신을 감동시킨 적이 한두 번이 아니었다. 〈제망매가〉는 다음과 같다.

삶과 죽음의 길은

여기 있으려나 머뭇거리고

가거든 간다는 말

이르지 못하고 가버리는가

어느 가을날 이른 바람에

이리저리 떨어질 나뭇잎처럼

한 가지에서 떠나

가는 곳 모르니

아아, 서방 정토에서 만나려니

내 도 닦아 기다리리.

신라 사람들이 향가를 숭상한 지 오래되었는데, 대개 시나 송가(頌歌) 비슷한 것이라는 구절은 향가를 연구하는 사람들에게는 중요한 정의였다. 그런 만큼 이 노래를 지은 월명은 향가에서 빼놓을 수 없는 인물이었다. 그는 충담과 함께 《삼국유사》에 향가를 둘이나 남기고 있다. 미륵보살의 정토를 기리는 노래인 〈도솔가(都率歌)〉도 그의 것이었다. 《삼국유사》를 펼쳐 본다.

경덕왕 때에 하늘에 해가 둘 나란히 나타나서 열흘 동안이나 비치고 있었다. 천문을 맡은 벼슬아치가 스님을 불러 꽃을 뿌려 공양하는 의식을 치르면 물리칠 수 있다고 말했다. 그래서 왕은 깨끗이 단을 만들고 인연 있는 스님을 기다렸다. 마침 월명 스님이 절 남쪽 밭둑 길을 가는 것을 불러 단에 올라 기도를 드려달라고 부탁했다. 그러나 월명은 고사하는 것이었다.

"소승이 화랑의 무리에 속해서 향가만 알 뿐 불교 노래는 잘하지 못하옵니다."

"인연 있는 스님을 만났으니 그럼 향가를 부르도록 하오."

월명은 곧 〈도솔가〉를 지어 불렀다. 꽃을 뿌려 공양하는 의식과 함께 했다고 〈산화가(散花歌)〉라고도 하나 그것은 다른 노래가 있다.

오늘 이제 산화가를 부르니
뿌린 꽃아, 너는
참다운 마음 시키는 대로
부처님 모시어라.

노래를 지어 부르자 해는 본래대로 되돌아왔다. 왕은 가상히 여겨 좋은 차 한 봉과 수정 염주 108개를 내렸다. 이때 난데없이 아이 하나가 깨끗한 모습으로 무릎을 꿇고 차와 염주를 받아 서쪽 작은 문으로 나갔다. 월명은 아이가 대궐에서 심부름하는 아이로 알았고, 왕은 월명의 문도로 알았다. 그러나 서로 알아보니 어느 쪽도 아니었다. 이상하게 여긴 왕은 사람을 시켜 뒤를 따르게 했다. 아이는 내원의 탑 속으로 사라지고 차와 염주는 남쪽 벽에 그린 보살상 앞에 놓여 있었다. 이로써 월명의 덕과 열성이 지극한 것을 알았다. 이 소문은 널리 퍼졌고, 왕은 그를 존경하여 비단 1백 필을 선사했다.

짧은 노래지만, 꽃을 뿌리며 노래불러 기도드리는 스님의 모습이 눈에 선했다. 동남아의 불교 사원들은 온통 꽃 천지였다. 재스민의 짙은 향기가 곳곳에 참다운 마음으로 스며 부처님을 모시고 있었다. 그곳에서 나도 꽃을 뿌리며 참다운 마음의 사랑으로 살고 싶었다.

그리고 믿음에 묶이는 짧고도 아름다운 노래가 또 있었다. 공덕을 닦으러 오라는 노래인 〈풍요(風謠)〉가 그것이었다. 〈풍요〉는 공덕을 닦으라는 노래여서 〈공덕가(功德歌)〉로도 알려져 있는데, 《삼국유사》에 다음과 같이 기록되어 있다.

> 선덕여왕 때의 양지(良志) 스님은 조상과 고향이 자세치 않다. 그가 지팡이 손잡이에 베 자루를 달아놓으면 지팡이가 저절로 시주하는 집으로 날아갔다. 지팡이가 흔들려 소리가 나면 그 집에서 알고 시주를 했다. 자루가 다 차면 날아서 되돌아오는데, 그래서 그가 있는 절을 지팡이 절이라는 뜻으로 석장사(錫杖寺)라 했다.
>
> 그는 여러 가지 재주에 능통하여 신묘하고 글씨도 훌륭했다. 영묘사의 장륙 삼존과 천왕상 및 전각탑의 기와와 탑 아래 신장, 법림사의 주불 삼존, 금강신 등은 그가 빚어 만든 것이다. 이 두 절의 현판도 그가 썼으며 벽돌을 조각하여 작은 탑 한 개를 만들고 부처 3천 개를 만들어 그 탑에 모시어 절 가운데 두고 예를 드렸다. 그가 영묘사의 장륙 불상을 만들 때 스스로 참선의 선정에 들어가 잡념 없는 상태에서 뵌 부처를 모형으로 삼으니, 온 성중의 남녀가 다투어가며 진흙을 날랐다. 그들이 〈공덕가〉를 불렀는데, 이를 〈풍요(風謠)〉라고도 한다. 지금

까지 이 지방 사람들이 방아를 찧거나 힘든 일을 할 때 이 노래를 부르는 것은 여기서 비롯된 것이다.

오라, 오라, 오라.
오라, 서럽더라.
서러운 중생의 무리
공덕 닦으러 오라.

간결하고 힘 있는 노래였다. 오라는 향찰의 원문에 來如로 적혀 있는데 이를 오요로 읽기도 하고 오다로 읽기도 했다. 어쨌든 이 낱말이 반복적으로 쓰임으로써 민중이 함께 어울리는 운율로 강조되고 고조된다.

이 노래보다 좀더 직설적으로 부처에의 믿음을 드러낸 향가로 〈도둑을 만난 노래(遇賊歌)〉가 있다.

영재(永才) 스님은 익살스럽고 물욕이 없었으며 향가를 잘 지었다. 나이 들어 남악에 들어가 숨어 살고자 가다가 고갯길에서 도둑 떼를 만났다. 그들이 영재를 죽이려고 했으나, 그는 칼을 받으면서도 태연했다. 도둑들이 괴이쩍어 그의 이름을 묻고 영재임을 알고는 평소에 들은 바 있으므로 노래를 지으라고 했다. 영재는 노래를 지었다. 그 노래를 들은 도둑들은 감동하여 비단을 선사했다. 영재는 그것을 물리치며 말했다.

재물이 지옥의 근본이기에 산속에 숨어 살고자 하는데 내가 어떻게 그걸 받겠소.

도둑들은 그 말에 또 감동하여 모두 칼과 창을 내팽개치고 머리를 깎고 지리산에 들어가 나오지 않았다. 영재는 아흔 살이나 살았는데, 그가 지은 노래는 다음과 같다.

제 마음 모르던 날
멀리 지나치고
이제 숨으러 가네.
오직 그릇된 파계승이여
날뛰는 모습에 돌릴거나
이 칼에 맞아도
좋은 날 오리니
아아, 부처님 마음 없음에
갈 곳 없을 뿐이어라.

부처의 마음을 따르면 비록 칼에 맞아도 기필코 좋은 날을 기약할 수 있다는 믿음이 승화된 노래로, 큰스님의 원력을 증언하고도 있었다. 아울러 충담이 〈도솔가〉를 지어 해를 물리친 것과 같이, 그 원력이 별까지도 이르렀음을 나타내주는 향가에 혜성을 다스린 노래라는 〈혜성가(彗星歌)〉가 있다. 《삼국유사》를 펼친다.

> 화랑의 세 무리가 금강산을 유람코자 하는데 문득 혜성이 나타났다. 화랑 무리는 꺼림칙하여 여행을 멈추려고 했다. 그러자 융천(融天) 스님이 노래를 지어 불렀더니, 혜성도 사라지고 쳐들어왔던 일본 군사들도 물러가서 오히려 경사가 났다. 왕은 기뻐하며 화랑들을 금강산으로 보냈다. 노래는 다음과 같다.

> 옛날 동해 물가
> 향만 먹고 살았다는 건달바가 노닐던 성
> 왜군이 왔다니
> 봉화 올린 변방에
> 세 화랑 유람온 길에

달도 한껏 비쳤거늘

길을 쓸 별 바라보고

혜성을 알리는 이 있다.

아아, 달은 흐르는데

이와 어울릴 꺼림칙한 혜성 있으리오.

건달바가 노닐던 성이란 신기루라는 뜻이라고 했다. 건달바는 인도 수미산 남쪽에 살면서 향만 먹고 공중을 날아다녔다는 신이었다. 그러자 강원도의 백담사 밑 만해 마을에 가서 본 글씨가 머리에 떠올랐다. 그곳 문인의 집 일층에 크게 걸려 있는 액자의 글씨가 바로 건달바성(乾達婆城)이었다. 김양동이라는 서예가의 글씨였다. 혜성은 물론 왜군까지 물리치는 융천 스님의 원력에서 당시의 시대상을 읽을 수 있다.

향가는 아직도 연구가 계속되고 있는 분야이다. 학자에 따라 그 뜻이 달라지기도 할 뿐더러 불교를 포교하는 내용이라거나 사회상을 드러낸 내용이라거나 해설도 달라진다. 그러나 향가가 신라에서 불려진 노래였다는 것만은 변함없는 사실이었다.

지금까지 향가는 〈균여전(均如傳)〉에 11수, 《삼국유사》에

14수로 모두 25수가 전해지고 있다. 본래 향가는 진성여왕 때 위홍이 대구화상과 함께 모아 펴낸 책 〈삼대목〉에 실려 있다는 기록이 있으나, 그 책은 전해지지 않는다.

이렇게 나는 《삼국유사》에 나오는 향가를 더듬거리면서라도 다 읽었다. 그러나 전문으로 공부하는 사람들마저 읽기가 구구한 판에 내가 제대로 읽었다고 내세울 수는 없는 노릇이다. 가령 〈만요슈〉 읽기로 널리 알려진 이영희 선생은 〈헌화가〉의 끌고 온 암소를 놓아두고 꽃을 꺾어 바치겠다는 구절의 속내를, 끌고 온 무쇠를 놓아두고 내 남근을 바치겠다는 아주 야한 노래로 읽고 있다. 앞에서 살펴보았듯이 처용에 대해서도 이러쿵저러쿵 해석이 다른 만큼 향가 읽기는 그야말로 산 너머 또 산이라는 말을 다시 떠오르게 한다. 그렇더라도 나는 그 노래들이 아름답고 신비하다는 데는 조금의 의심도 없었다. 어쩌면 거룩하다고까지 나는 받아들였다. 무엇보다도 내 마음바탕에 다가오는 그 정조(情調)가 중요한 것이었다.

하지만 더듬거리면서라도를 강조할 수밖에 없는 나로서는, 전문으로 공부하는 사람의 읽기가 어떻게 다른지 그 보기 하나를 〈헌화가〉를 빌려 제시하면서 내 읽기를 마무리짓지 않으면 안 된다.

잡을 사람 전혀 없다.

가팔라 잡을 거는 없다손

암소 놓아 대신 잞을 나를 아니 잊게끔

부끄럼을 담아주던 꽃을 꺾어

즐거이 받들어 바치옵다.

꿈이거늘 싫어

(김인배, 김문배의《전혀 다른 향가 및 만엽가》에서)

부픈 바위 가에

짚은 손, 부질없소.

그 맘 놓으시겨

나를 아니

나무라신다면

꽃을 꺾어 드리리다.

(정렬모의《신라 향가 주해》에서)

잠깐 살펴본 두 가지 풀이가 이토록 달랐다. 아무튼 향가 읽기가 끝나고, 나는 아름답고 신비하고 거룩한 세계로의 몰입에서 깨어났다. 아울러《삼국유사》읽기도 모두 끝났다. 거듭 말해서 3박 4일의 여행은 고조선과 삼국 시대를 거쳐 고려의 등장에 이르기까지의 기나긴 여행이기도 했다. 우연히 붙잡게 된《삼국유사》는 북쪽에서의 시간을 그만큼 집중시켰다고나 할까. 고려말의 충신 정몽주가 살해당한 선죽교를 떠나 버스가 비무장 지대를 향해 달려갈 무렵 나는《삼국유사》를 덮어 가방 속에 집어넣었다. 무엇인가 큰 임무를 끝낸 듯했다. 여자 안내원이 이제 헤어질 때가 되었다며 마지막으로 수수께끼를 하나 내겠다고 앞에 섰다.

아이 둘이 있었는데, 한 아이가 다른 아이한테 나이 한 살을 주면 곱절 차이가 납니다. 두 아이의 나이는 각각 얼마겠습니까?

수수께끼도 아니고 우스개도 아니었다. 네 살과 다섯 살이면 그렇게 되었다. 어리둥절해 있는 사이에 그녀는 노래 한 곡을 하겠다면서 앞의 리경숙 노래 〈다시 만납시다〉를 불렀다. 수수께끼를 말한 뜻은 알 수 없어도 노래는 헤어짐을 잘 전해주고 있었다. 비무장지대를 지나고 도라산 역의 출입국관리소를 지나면 남쪽이었다. 그녀의 노래가 끝나자 누군가 버스는 지금 위대한 지도자가 없는 곳으로 가고 있다는 말을 해서 주위 사람들의 실소를 자아내게 했다. 북쪽에서 너무나 많이 보아온 위대한 지도자 플래카드가 머릿속에 남아 있는 까닭이었을 것이다. 그 지도자 동지가 위대한 지도자일까. 민중을 외치며 일어난 혁명의 깃발은 진정 어디에 나부끼고 있을까. 그와 함께 남쪽에선들 정말 위대한 지도자를 우리가 언제 가져보았던가 하고 자책하는 소리들도 귀에 울렸다.

M, 나는 무척 오랜 여행을 끝내고 돌아가는 길이야. 하늘에서 내려온 임금들과 알에서 태어난 임금들이 다스리던 나라들을 지나, 전쟁의 상흔이 아직 아물지 않은 폐허를 지나 오는 길이야. 우리는 어느 쪽이나 다 부서지고 눈 가려진 나라임을 새삼 깨닫는 여행이었어. 그런데 문득 아름답고 신비하고 거룩한 노래들이 내 넋을 사로잡았어. 그 노래들이 이 산하의 허공을 맴돌고 있는 한 우리는 살아 있음에 경탄해야 하지. 꽃과 나무와 물과 달 들이 어우러져 인간의 사랑과 믿음을 노래하는 세계이기도 해. 영원함을 일깨우는 그 속에 우리의 사랑이 자리하지 못 하면 우리는 모든 희망을 잃는 거야. 그래서 나는 언젠가 돌아올 너를 기다리기 위해 지금 서울로 가고 있다고 굳게 믿어. 기다림이야말로 그 노래들이 우리에게 가르쳐주는 가장 빛나는 뜻, 사랑의 진정한 뜻이니까.

M, 기다림의 땅 서울이 멀지 않았어. 그 진정한 사랑을 위해 나는 지금 아무도 몰래 마음속으로 외치고 있어. 귀 기울여봐. 너도 그 소리를 들을 수 있을 테니까. 노래여, 영원한 사랑의 노래여, 하고 외치는 그 소리를.

노래여, 영원한 사랑의 노래여.

그리고 나는 나름대로 오늘의 향가를 지어 마음속에 집어넣기로 했던 거야. 《삼국유사》의 향가를 읽은 이상 나도 거기에 화답을 하지 않을 수 없었다고나 할까, 하여튼 그 투를 빌려 뭔가 미어지는 가슴을 달래기라도 해야 했던 듯싶어.

몇 천 줄기 강물에 비친 달과 해
하나의 이슬에 비치어
저 하늘이 이슬처럼 영롱하리
바라보는 님이여
남녘에도, 북녘에도
그리운 님 있으니
달님과 해님이 아울러 비치오리
님이여, 내 우러러 그대 모습에
한 누리 이슬 올리니

맑고 고우시라

이 땅, 이 하늘에

내 그리운 남님, 북님이여

이렇게 읊고 나니 이슬이란 게 그냥 그 자체일까 싶어서, 곰곰 되짚어보며 어쩌면 눈물의 다른 말이 될 수도 있겠다, 하는 순간, 아닌 게 아니라 내 눈에 이슬 같은 게 맺혔어.

이윽고 남녘과 북녘의 경계선에서 나는 짐 검사를 받고《삼국유사》와 도토리 열매 술을 소중히 간직한 채 하늘을 한 번 올려다보았어.

작가의 말

뜻깊고 아름다운 우리의 세계로

2005년에 이 글을 처음 세상에 내놓으며, 오래전에《삼국유사》를 처음 읽은 이래 이것은 내게 인생의 숙제였다고 고백하고 있다. '우리 것'에 대한 새로운 인식에 눈떠서 '서양 문물이 동양으로 밀려오는' 시대에 '내 것'이 아무래도 빈약하다는 괴로움에 시달릴 때였다. 철학과를 들락거리며 시를 공부하던 나는 그 미학을 따르고자 노력했다. 공허한 노릇이었다. 물론 동양, 특히 중국으로 보면 공맹과 노장이 있었다. 그러나, 그러나, 나는 '우리 것'을 찾지 못하고 헤맬 수밖에 없었다.

나는 뒤늦게 어떻게든 '우리 것'을 붙잡아야 한다고 깨달았다. 한국학이 머리를 들고 일어나던 시기와 맞물려 있었다. 하기야 나는 매사에 늦어 허겁지겁 뒤쫓아가기에도 벅차 하며 살아온 터가 아니었던가. 선부른 철학에 물들어 회의주의자로 매사에 머뭇거리며 살아온 터가 아니었던가. 나는 통음(痛飮) 속에 밤거리를 헤맸다.

'우리 것'이란 무엇인가. 그것이 무엇이든, 우선 이 땅에 태어나서 자란 내가 나로서 바로 서기 위해 필요불가결한 최소한의 것만은 알아야 했다. 머리가 아니라 몸으로 느껴야 했다. 내 피가 뛰고(튀고) 내 살이 떨리는(터지는), 그것이 '우리 것'의 실체인 것이었다. 이러쿵저러쿵 따지기보다 머리가 깨지는 깨달음이 중요한 것이었다. 여기에《삼국유사》가 있었다.

'많은 책을 읽었건만, 육체는 서글프다'는 서글픈 시를 음미하던 내 서글픈 정신과 육체에《삼국유사》는 하늘을 가르듯(開闢) 모습을 드러냈다. 나는 비로소 내 앞에 나타난 '우리 것, 내 것'의 실체에 몸서리치며, 나를 찾아 세상 끝 어디든지 달려가리라 했다. 서툴게 비유컨대, 나는 '많은 책'의 오랑캐 땅을 허덕이며 에둘러 다니다가 마침내 허름한 고향집으로 돌아와서 내가 그토록 찾아 헤맨 진실이 가까이 있는 걸 발견한 사람인 셈이었다.

그것은 결코 허름한 고향집이 아니었다. 비록 퇴락했을망정,

허물어진 지붕에는 불로초가 돋고 어두운 집안에는 침향 향내가 그윽했다. 말라 죽은 나무 등걸마다 영지가 피고 두꺼비 자빠진 뒤뜰에는 수정이 맑았다. 나는 두근거리는 가슴을 애써 누르며, 마당 한가운데 누군가 묻어놓은 책 궤짝을 파내어 한 권의 책을 꺼내 들었다. 그리고 망연히 댓돌에 앉아 읽어 내려갔다. 오래된 믿음의 진정한 도참서(圖讖書)처럼 내게 다가오는 것, 그것은 '우리 것, 내 것'의(에 의한, 을 위한) 사랑이었다.

사랑은 밝은 눈으로 진리의 불빛을 응시한다. 맹목의 가슴앓이가 세상의 빛으로 다스려지고, 나는 나됨의 떳떳함이 자랑스러웠다. 《삼국유사》는 아름답고 거룩했다. 오뉴월 땡볕에 봉오리를 뽑아 올리는 연꽃처럼, 동지섣달 서릿발에 푸르름을 드세우는 송백처럼 표상이 올연했다.

그러나 《삼국유사》를 읽으려 해도 왠지 난삽하게 다가와 어렵다고 말하는 사람들이 있었다. 알 수 없는 일이었으나, 한편 그럴 만도 하다는 생각이 들었다. 우리 속담이 기억났다. '구슬이 서 말이라도 꿰어야 보배.' 즉, 《삼국유사》의 기록들은 하나하나 빛나는 구슬로 이루어져 있는데, 꿰어 있지는 않은 것이었다. 나는 그런 벗님들과 《삼국유사》를 이야기하고 싶었다.

내가 읽은 이야기들을 꿰어 엮어서 그들에게 선물로 드리고 싶었다. "꽃향기 속에 아지랑이처럼 살아나는 아득한 시간을 바라보"며 "역사의 향기를 우리의 만남 안에 불어넣으려" 했다는 말(이경철)이 되살아나기도 한다.

마침 평양에 갈 기회가 있었다. 예전 같으면 꿈도 못 꿀 일이었다. 한창 전쟁이 막바지로 갈 무렵, 초등학교 입학 적령기가 된 나는, 그러나 학교가 문을 못 여는 통에 한 해 늦어서야 겨우 들어가게 된 나는, 나름대로 느낌이 깊었다. 죽을 고비도 여러 번 넘겼건만, 아직도 이 뜻 모를 분단을 겪고 있는 아픈 나라! 그런데 뜻밖에 《삼국유사》가 떠올랐다. 나는 손아귀를 그러쥐었다. 이제야 쓸 때가 되었구나!

왜 평양에서인가. 생각조차 하지 않았던 일이었다. 그렇다면 나는 옛 삼국 통일에서 지금의 통일을 엿보고자 했던가. 아니, 어떤 불순한 의도도 없었다. 어쩌면 그곳에 가서 잠자고 밥 먹고 함으로써 나는 드디어 '삼국'을 아울러 볼 수 있다는 힘을 받았는지도 모른다. 《삼국유사》의 큰 줄기를 이루고 있는 삼국 통일에서, 신라는 고구려를 멸망시키고 대동강 이남까지만 차지할 수밖에 없었다. 안타깝기 그지없는 일이었다. 그러나 또 한편, 신라가 당나라 세력과 싸워 그들을 몰아내지 않았더라면? 역사에 가정은 없음은 모르지 않으면서, 대동강을 내려다보며 나는 묻고 있었다.

알다시피《삼국유사》는《삼국사기》와 더불어 우리 역사를 기록해놓은 귀중한 책이다. 고구려, 백제, 신라가 세워지고 합칠 때까지가 큰 줄기가 된다. 그러나《삼국유사》는 정사를 다룬《삼국사기》와 달리 설화, 신화를 깊고 넓게 모아 실었기에 오늘날 우리에게 더없이 귀중한 책으로 남아 있다. 이 가운데 특히 '구지가'와 '단군 설화'와 '향가'를 다룬 부분은 이 책 말고는 다른 데서 찾아볼 수 없는 압권이라고 학자들이 입을 모으듯이 그야말로 금지옥엽이 아닐 수 없다.

만약 이 기록들이 없어서, 오늘날의 우리가 그 세계를 캄캄 모르고 있다면? 도무지 상상조차 하기 싫은 일인 것이다. 그런데 나는 위의 세 부분에 하나를 더 추가하지 않으면 안 되겠다. '구지가'와 연관이 있는 기록, 허황옥이 인도에서 배를 타고 와서 김수로왕의 왕비가 되는 이야기가 그것이다. 많은 학자들이 파들어간 바 있는 이 이야기는 그것만으로도 눈부시게 빛난다. 여기에 숨겨진 비밀에 나는 그만 숨이 막힌다.

아울러 '가라'가 내 머리에 차오른다. 어떤 이는 이 나라의 중요성을 들어 그 당시를 '삼국 시대' 아닌 '사국 시대'라 불러야 한다고 했고, 어떤 이는 '잃어버린 왕국'이라 했다. 나는, 이 나라가 고구려의 전신인 부여의 맥을 이어받아 다시 일본으로 이어주는 중심 국가로서, 동북아시아 역사 공동체의 '고리'가 된다고 믿는다. 이 또한《삼국유사》에 빠져들어 배운 결과이다.

이 글을 쓰면서《삼국유사》의 중요한 기록들은 거의 모두 놓치지 않으려고 노력했다. 어쭙잖게 '소설'이라는 틀을 가져왔지만, 소설의 성과에는 아랑곳없다. 나는 다만 그 속에 내 진실을 담으려고 밤을 새웠을 뿐이다.

평양행을 이끌어준 이근배 시인과, 글 쓸 계기가 되어준《문예중앙》과 이경철 평론가와, 또 호텔방에서 만난 C선생과, 대동강 양각도 호텔에 감사드린다.

세월이 지났으나, 처음 '작가의 말'에서 몇 마디 보탤 뿐이다. 다만 그동안 강릉의 '문화작은도서관'에 '명예관장'으로 위촉되었고, 그곳에서 문학에 관한 무슨 이야기를 하게도 되었다. 고향은 내게 새롭게 다가왔다. 이 전집의 다른 곳에서 '삼국유사'를 말하며 동해 바닷길의 '헌화가'의 아름다운 이야기를 내세우기도 했다. 이런 기록을 남긴 옛 분께 큰절을 올리며, 살아 숨 쉬는 우리 모두와 뜻깊고 아름다운 세계를 나누고 싶다.

2017년 여름

윤후명

작가 연보

1946년 강원도 강릉에서 태어났다.

1967년 《경향신문》 신춘문예에 시 〈빙하(氷河)의 새〉가 당선되며 시인으로 입신했다. 그로부터 신춘문예 당선 시인들의 모임인 《신춘시》에 작품을 발표하다가 시 동인지 《70년대》의 창간 동인으로 활동하면서 시인에의 길에 본격적으로 들어섰다.

1977년 그동안 여러 출판사들을 전전하며 써 모은 시들을 엮어 시집 《명궁(名弓)》을 문학과지성사에서 펴냈다. 개인적으로 문학적 성과이기도 한 이 시집은, 동시에 문학적 갈증을 유발시켰고, 그 무렵 밀어닥친 가정사의 문제와 뒤엉켜 소설에의 길을 모색하는 계기가 되었다.

1979년 《한국일보》 신춘문예에 단편소설 〈산역(山役)〉이 당선되며 소설가가 되었고, 이듬해에 다니던 출판사를 그만두고 소설가로서의 삶만을 살기로 결심했다.

1980년 소설 동인지 《작가》의 창간 동인이 되었다.

1983년 거제도 체류. 중편소설 〈돈황(敦煌)의 사랑〉으로 녹원문학상을 수상했고, 동명의 표제작으로 첫 소설집을 문학과지성사에서 펴냈다.

1984년 단편소설 〈누란(樓蘭)〉(뒤에 〈누란의 사랑〉으로 개작)으로 소설문학작품상을 수상했다.

1985년 단편소설 〈엉겅퀴꽃〉과 〈투구게〉를 중편소설 〈섬〉으로 개작, 한국일보문학상을 수상했다. 소설집 《부활하는 새》를 문학과지성사에서 펴냈다.

1986년 단편소설 〈팔색조〉(소설집에는 〈새의 초상〉으로 수록), MBC 베스트셀러극장에서 드라마 방영.

1987년 산문집 《내 빛깔 내 소리로》를 작가정신에서, 중편소설 문고 《모든 별들은 음악소리를 낸다》를 고려원에서 펴냈다.

1988년 중편소설 〈높새의 집〉이 국제 펜 대회 기념 《한국 소설집》에 번역(서지

문 옮김), 수록되었고, 〈모든 별들은 음악소리를 낸다〉가 무용가 김삼진에 의해 호암아트홀에서 공연되었다.

1989년 소설집 《원숭이는 없다》를 민음사에서 펴냈다.

1990년 장편소설 《별까지 우리가》를 도서출판 둥지에서, 산문집 《이 몹쓸 그립은 것아》를 동서문학사에서, 장편소설 《약속 없는 세대》를 세계사에서, 문학선집 《알함브라궁전의 추억》을 도서출판 나남에서 펴냈다.

1992년 장편소설 《협궤열차》를 도서출판 창에서, 장편동화 《너도밤나무 나도밤나무》와 시집 《홀로 등불을 상처 위에 켜다》를 민음사에서 펴냈다.

1993년 《돈황의 사랑》이 프랑스 출판사 악트 쉬드(Actes Sud)에서 번역(최윤 옮김)되어 나왔다.

1994년 중편소설 〈별을 사랑하는 마음으로〉로 현대문학상을 수상했다.

1995년 중편소설 〈하얀 배〉로 이상문학상을 수상했다. 한국소설가협회 기획분과위원회 위원장에 선임되었다. 연세대학교, 동국대학교 국문학과 강사(~1997년).

1997년 소설집 《여우 사냥》을 문학과지성사에서, 산문집 《곰취처럼 살고 싶다》를 민족사에서 펴냈고, 한국소설학당을 설립했다.

1998년 추계예술대학교 강사(~2000년).

1999년 단편소설 〈원숭이는 없다〉가 독일에서 나온 《한국 소설집》에 번역(안소현 옮김), 수록되었다.

2000년 민족문학작가회의 이사로 선임되었다.

2001년 추계예술대학교 문예창작과 겸임교수가 되고(~2003년), 소설집 《가장 멀리 있는 나》를 문학과지성사에서 펴냈다. 한국소설가협회 이사, PEN 클럽 기획위원회 위원으로 선임되었다.

2002년 단편소설 〈나비의 전설〉로 이수문학상을 수상했다. 산문집 《그래도 사랑이다》를 늘푸른소나무 출판사에서 펴냈다. 중편 〈여우 사냥〉이 일본의 이와나미문고에서 나온 《현대한국단편선》에 번역(三枝壽勝 옮김), 수록되었다. 《대한매일신보》 명예논설위원, 연세대학교 동문회 상임이사(문화예술분과)로 위촉되었다.

2003년 산문집 《꽃》을 문학동네에서 펴냈다.

2004년 소설가협회 중앙위원이 되고, 2005년 독일 프랑크푸르트 도서박람회 주빈국(한국) 출품 도서 '한국의 책 100선'에 《돈황의 사랑》이 우리 소설 16편 중 하나로 선정되었다. 동화 《두부 도둑》을 자유지성사에서 펴냈다.

2005년 장편소설 《삼국유사 읽는 호텔》을 랜덤하우스중앙에서 펴냄과 함께 《돈황의 사랑》을 《둔황의 사랑》으로(문학과지성사), 《이별의 노래》를 《무지개를 오르는 발걸음》으로(일송북) 제목을 바꾸고 여러 곳 손을 보아 다시 펴냈다. 프랑크푸르트 도서전을 계기로 독일 순회 낭독회에 참가, 본 대학과 뒤셀도르프 영화박물관에서 작품을 낭송하고 해설하는 행사를 가졌다. 《The love of Dunhuang(둔황의 사랑)》(김경년 옮김)이 미국 CCC출판사에서 나왔다. 서울디지털대학교 초빙교수.

2006년 《敦煌之愛(둔황의 사랑)》(왕책우 옮김)이 중국에서 나왔다. 국민대학교 문예창작대학원 겸임교수(~현재). 시와 소설 그림집 《사랑의 마음, 등불 하나》를 랜덤하우스중앙에서 펴냈다.

2007년 단편소설 〈촛불 랩소디〉로 제12회 현대불교문학상을 수상했다. 소설집 《새의 말을 듣다》를 문학과지성사에서 펴내고, 이 책으로 제10회 동리문학상을 수상했다.

2008년 《21세기문학》 편집위원.

미술; 「티베트의 길, 자유의 길 전」(헤이리 '마음등불')에 참여했다.

2009년 중국 베이징 주중 한국문화원 개원 2주년 기념행사 '한중작가 사인회(장편 《인민을 위해 복무하라》의 중국작가 옌롄커(閻連科)와 미국 LA 한인문인협회 세미나에 참가(강연)했다. 문학 그림집 《지심도, 사랑을 품다》를 펴내고(교보문고), 전시회와 낭독회(거제도)를 가졌다.

미술; 「독도 전」(전국순회전), 「어머니 전」(미술관 가는 길), 「구보, 청계천을 읽다 전」(청계천 광장, 부남미술관).

2010년 한국소설가협회 부이사장이 되고, 중국 난징(난징대학)과 타이완 타이베이(정치대학) '한국문학포럼'에 참가. 산문집 《나에게 꽃을 다오 시간이 흘린 눈물을 다오》를 중앙북스에서 펴냈다. 중편소설 〈하얀 배〉 〈모든 별들은 음악소리를 낸다〉 고등학교 교과서에 수록.

미술; '문인 자화상 전'(신세계갤러리), '한국의 길—제주 올레 전'(제주현대미술관, 포스터 채택), '이상, 그 이상을 그리다 전'(교보문고, 부남미술관선유도), '조국의 산하전'(헤이리 '마음등불'), '한국, 중국, 오스트리아 교류전'(헤이리 아트팩토리).

2011년 《한국소설》 편집주간을 겸임하고, '한국작가총서 문학나무 이 한 권의 책 001' 《사랑의 방법》을 문학나무에서 펴내고 문학교육센터(남산도서관)에서 낭독회를 열었다.

미술; 한일교류전(헤이리 한길아트), '아트로드77'전(헤이리 리앤박 갤러리), 조국의 산하전(광화문 '광' 갤러리)

2012년 육필시집 《먼지 같은 사랑》을 지식을만드는지식에서, 시집 《쇠물닭의 책》을 서정시학에서 펴냄. 제1회 부산 가마골소극장 문학콘서트를 열고, 소설집 《꽃의 말을 듣다》를 문학과지성사에서 펴냄과 함께 첫 개인 그림전시회 '꽃의 말을 듣다'(서울 인사아트센터) 개최. 장편소설 《협궤열차》를 다시 펴내고(책만드는집), 《둔황의 사랑》이 러시아에서 출간됨(박미하일 옮김). 제1회 고양행주문학상 수상.

2013년 세계인문문화축제 '실크로드 위의 인문학, 어제와 오늘'(교육부, 경상북도 주최)에서 '실크로드의 문학' 발표. 시집 《쇠물닭의 책》으로 제4회 만해님시인상 작품상 수상.

2014년 **미술;** 개인 초대전 '엉겅퀴 상자'(길담서원 갤러리).

2015년 서울대통일평화원 인권소설집 《국경을 넘는 그림자》에 단편 〈핀란드역의 소녀〉 발표. PEN 세계한글작가대회 강연, 강릉 문화작은도서관 명예관장, 토지문학제 명예대회장, 몽블랑 문화예술후원자상 심사위원, 수림문학상 심사위원장, 이상문학상, 산악문학상 외 각종 문학상 심사.

현재 문학비단길, 문학나무 고문, 강릉문화작은도서관 명예관장.

윤후명 소설전집 12
삼국유사 읽는 호텔

1판 1쇄 발행 2017년 7월 5일
1판 2쇄 발행 2021년 3월 15일

지은이 · 윤후명
펴낸이 · 주연선

(주)은행나무

04035 서울특별시 마포구 양화로11길 54
전화 · 02)3143-0651~3 | 팩스 · 02)3143-0654
신고번호 · 제 1997-000168호(1997. 12. 12)
www.ehbook.co.kr
ehbook@ehbook.co.kr

잘못된 책은 바꿔드립니다.

ISBN 978-89-5660-268-4 04810
ISBN 978-89-5660-996-6 (세트)